Ullstein

DAS BUCH

Fünfzehn Jahre ist Edith Kliez alt, als es zwischen ihr und dem jungen Italiener Gaetano Ianni an der Kasse eines Supermarktes in Lüneburg funkt. Wenig später geben die beiden im Februar 1966 ihre Verlobung bekannt; im Frühjahr 1967 kommt Töchterchen Tiziana auf die Welt, im März der erste von drei Söhnen. Einen Monat darauf folgen Heirat und kirchliche Trauung. Als Edith samt den vier Kindern 1978 mit ihrem Mann in dessen Heimatstadt Gela auf Sizilien zieht, ahnt sie natürlich nicht, daß Gaetano binnen kurzer Zeit zum Paten der Mafiaorganisation *Stidda* aufsteigen würde. Als die in Palermo ansässige *Cosa Nostra* versucht, in den Machtbereich der *Stidda* vorzudringen, kommt es Ende der 80er Jahre zu einem der blutigsten Mafiakriege auf Sizilien. »Aber wir hatten die besten Killer«, erklärt Gaetano. Einer von ihnen ist sein jüngster Sohn Simon, der bereits mit dreizehn zum Scharfschützen ausgebildet wurde, ohne daß seine Mutter zunächst davon erfährt ...
Der erschütternde Lebensbericht der deutschen Frau eines Mafiabosses, der für Hunderte von Morden verantwortlich ist.

Edith Kliez

Ich, die Frau des Paten

Als Deutsche in der Mafia

In Zusammenarbeit mit Kerstin Becker
und Domenico Calabrò

Ullstein

Ullstein Buchverlage GmbH & Co. KG, Berlin
Taschenbuchnummer: 35818

Originalausgabe
Oktober 1998

Umschlaggestaltung: Hansbernd Lindemann
unter Verwendung eines Privatfotos
der Autorin

Printed in Germany 1998
Satz: LVD GmbH, Berlin
Druck und Verarbeitung: Ebner Ulm
ISBN 3-548-35818-7

Gedruckt auf alterungsbeständigem Papier
mit chlorfrei gebleichtem Zellstoff

Die Deutsche Bibliothek – CIP-Einheitsaufnahme

Edith Kliez:
Ich, die Frau des Paten : als Deutsche in der Mafia / Edith Kliez. In
Zusammenarbeit mit Kerstin Becker und Domenico Calabrò. – Orig.-
Ausg. – Berlin : Ullstein, 1998
(Ullstein-Buch : 35818)
ISBN 3-548-35818-7

Inhalt

Dr. Angelika Faas, Dipl.-Psych.:
»Ich, die Frau des Paten« – ein psychologischer

Dr. Thomas Krauß, Soziologe, M.A.:

Eine Deutsche im Mafia-Kronzeugen-Schutzprogramm

Vor unserer ersten Begegnung wußten wir nicht viel über Edith Kliez. Aber was wir über sie in Erfahrung gebracht hatten, klang so außergewöhnlich, daß wir als Journalisten alles daransetzten, diese Frau kennenzulernen.

Durch Zufall waren wir darauf gestoßen, daß eine Deutsche aus Lüneburg namens Edith Kliez zu den Menschen gehört, die von der italienischen Justiz versteckt und Tag und Nacht bewacht werden, weil sie als Mafiaaussteiger wertvolle Informationen über das organisierte Verbrechen besitzen. Die Deutsche mußte also die Mafia von innen erlebt haben.

Als Kronzeugen in Mafiaprozessen sind Überläufer in Italien heute unentbehrlich. Ihren Aussagen ist es zu verdanken, daß die Justiz in den vergangenen fünf Jahren mehrere tausend Mafiosi verurteilen konnte.

Bis Anfang der 90er Jahre waren sogenannte *Pentiti*, reumütige Mafiosi also, ein seltener Glücksfall für die Ermittler gewesen. Denn ein Mafioso, der mit der Justiz zusammenarbeitete, unterschrieb mit der Kollaborationserklärung nicht nur sein eigenes Todesurteil, sondern brachte zugleich sämtliche Angehörige in Lebensgefahr. An Tommaso Buscetta, einem der ersten Kronzeugen der sizilianischen Mafia, rächte sich die *Cosa Nostra*, indem sie gleich elf seiner Verwandten ermordete.

Nur zwei Gründe konnten einen Mafioso dazu bringen, die Ehrenwerte Gesellschaft zu verraten: Entweder mußte sein Haß auf die ehemaligen Verbündeten noch größer sein als die Abscheu vor dem Staat. Oder aber er empfand wahre Reue für seine Verbrechen. Der erste derartige Mafioso in der italienischen Geschichte stellte sich am 30. März 1973 freiwillig der Polizei in Palermo, weil ihn eine Glaubens- und Gewissenskrise ereilt hatte und er sich mit Gott aussöhnen wollte. Die Beamten nahmen die Aussagen und Geständnisse des 32jährigen Leonardo Vitale widerwillig zu Protokoll und steckten den ihrer Meinung nach geistig Verwirrten in eine geschlossene Anstalt. Als Vitale elf Jahre später das Irrenhaus verließ, wurde er von einem Mafiakiller erschossen. Erst danach dämmerte der Staatsanwaltschaft, daß seine Informationen überaus wertvoll gewesen wären.

Bosse des organisierten Verbrechens, die nach ihrer Festnahme ihre Organisation verrieten, ließen sich in den darauffolgenden zwei Jahrzehnten an einer Hand abzählen. Um Mafiosi zur Kollaboration zu bewegen, hätte der Staat schon früher Garantien bieten und mit Prämien locken müssen. Aber erst am 15. März 1991, nachdem andere Methoden im Kampf gegen die Mafia gescheitert waren, setzte sich das italienische Parlament über alle moralischen Bedenken hinweg und erließ ein wahrhaft verlockendes Kronzeugenschutzgesetz: Aussteiger, die dazu bereit sind, ihre ehemaligen Verbündeten zu verraten, dürfen auf Straferlaß, Schutz für ihre Familien, Unterhaltszahlungen und eine üppige Starthilfe für einen späteren Neuanfang in der Legalität hoffen. Falls sie Bedeutendes preiszugeben haben. Diese Möglichkeiten sprachen sich schnell herum. Ein Jahr nach Inkrafttreten der neuen Kronzeugenregelung gab es 17 Mafia-Aussteiger. Fünf Jahre später, im Jahr 1997, waren im staatlichen »Kronzeugenschutzprogramm« 1 219 Überläufer und rund 4 700 nahe Angehörige, darunter 2 000 Kinder, registriert. Diese *Pentiti* zu verstecken, zu schützen und zu verköstigen kostet die italienischen Steuerzahler umgerechnet mehr als 100 Millionen Mark im Jahr.

Wie aber kam eine deutsche Hausfrau aus Lüneburg in das italienische Mafia-Kronzeugen-Register? Sie mußte die Angehörige eines Mafioso sein. Das war klar. Edith Kliez hätte die Schwägerin eines Chauffeurs sein können, die Geliebte eines Boten, die Gattin eines Killers. Damit wäre ihre Geschichte schon spannend genug gewesen. Aber das Ergebnis unserer Recherchen übertraf unsere Erwartungen: Edith Kliez-Ianni ist die Frau eines Paten.

Ihr Ehemann Gaetano Ianni hat in den 80er Jahren in seiner Heimatstadt Gela im Süden Siziliens die Organisation *Stidda* aufgebaut. Noch bevor Polizei und Staatsanwaltschaft überhaupt von dieser neuen Mafia Notiz nahmen, hatte Ianni gemeinsam mit seinem Partner Angelo Cavallo zunächst sein Wohnviertel, dann seine Stadt und schließlich die Region rund um Gela unter seine Kontrolle gebracht. Den Respekt der lokalen Mafiagrößen hatte er sich als Manager illegaler Spielcasinos erworben. Durch Schutzgelderpressung baute er seine Macht aus. Jeder Einzelhändler, jeder Großunternehmer mußte einen Teil seines Umsatzes an die Organisation abgeben. Wer willig zahlte, hatte Ruhe vor Dieben, Kleinkriminellen und Räubern. Wer sich zierte, dem brannten Laden oder Lager ab. Bei jedem Bauauftrag, den die Stadtverwaltung vergab, fiel für Gaetano Ianni und seine Organisation ein üppiger »Vermittleranteil« ab.

Und Edith Kliez? Wir erfuhren zunächst nur soviel: Die Deutsche lebte als treue Gattin, Hausfrau und Mutter von vier Kindern an der Seite ihres mafiosen Mannes.

Der Pate von Gela arbeitete weitgehend unbehelligt von der Polizei und von der Verbrecher-Konkurrenz, bis der italienische Staat aus den Fördermitteln für die Entwicklung des Südens eine erhebliche Summe für ein Prestigeobjekt bewilligte: 250 Millionen Mark sollten für den Ausbau eines Staudamms am Fluß Disueri 15 Kilometer nördlich von Gela ausgegeben werden.

Die geplante Investition löste den blutigsten Mafiakrieg aus, den Sizilien in der jüngsten Vergangenheit erlebte. Zwischen 1989 und 1993 waren die Ordnungshüter in Gela beinahe ausschließlich damit beschäftigt, Verletzte zu versorgen, Leichen zu bergen und Attentatsprotokolle zu schreiben. Zum Ermitteln blieb kaum Zeit. Die 80 000-Einwohner-Stadt Gela geriet weltweit in die Schlagzeilen, weil auf ihren Straßen im Verhältnis zur Einwohnerzahl mehr Menschen ermordet wurden als in New York oder Rio de Janeiro. 126 Männer, Frauen und Kinder wurden in den drei Jahren zwischen 1988 und 1990 von Mafiakillern getötet. Rom schickte Soldaten in die Stadt. Doch was in Gela wirklich gespielt wurde, das durchschauten jahrelang weder Kripobeamte noch Carabinieri, weder Militär noch Staatsanwälte.

Erst Anfang 1992 wurde Gaetano Ianni von der Staatsanwaltschaft in Caltanisseta als mutmaßlicher Pate der *Stidda* ausgemacht. Aber seine Kontakte zur Polizei waren so gut, daß ein von ihm bezahlter Beamter ihn rechtzeitig vor seiner bevorstehenden Verhaftung warnte. Als die Carabinieri mit Durchsuchungsbefehl und Handschellen vor seiner Wohnung standen, öffnete Edith aus Lüneburg die Tür und versicherte, nicht zu wissen, wo sich ihr Mann befinde. Der Pate war in den Untergrund geflüchtet – und führte seine Organisation von seinen Verstecken aus weiter. Neun Monate lang stand sein Name ganz oben auf der Fahndungsliste der italienischen Polizei. Obwohl er Italien nie verlassen hatte, konnte er erst im November 1992 verhaftet werden.

Gaetano Ianni behauptet heute von sich: »Meine Organisation hat 500 Menschenleben auf dem Gewissen.« Zu den jugendlichen Killern, die in dieser Zeit Menschen mit einer Kaltblütigkeit erschossen, mit der in Lüneburg nicht einmal Hasen abgeknallt werden, gehören seine Söhne Marco und Simon, die beide deutsche Staatsbürger sind.

Als die italienische Polizei sowohl den Paten als auch die Söhne dingfest gemacht hatte, wußte Gaetano Ianni, daß weder er noch seine Kinder jemals wieder auf freien Fuß gesetzt werden würden. Schon hatten sich die ersten seiner ehemaligen Vertrauten als Kollaborateure zur Verfügung gestellt. Es gab Zeugen und Beweise für die Morde, die er und seine Söhne begangen hatten. Selbst wenn die Staatsanwaltschaft ihm nicht alle Straftaten hätte nachweisen können: Ein halbes Dutzend Kapitalverbrechen war nicht mehr zu leugnen. Die Richter hätten sowohl den Vater als auch die Söhne zu vier-, fünf oder sechsmal »lebenslänglich« verurteilt.

Stidda-Pate Gaetano Ianni wußte, was seine Anwälte ihm bestätigten: 1993 wehte der Mafia ein scharfer Wind entgegen. Mit den ebenso spektakulären wie grausamen Bombenattentaten auf die beiden populären Antimafia-Ermittler Giovanni Falcone und Paolo Borsellino hatte *die Cosa Nostra* 1992 ein Eigentor geschossen. Die Bürger waren sensibilisiert wie nie zuvor, die Weltöffentlichkeit blickte auf Italien: Jetzt durften inhaftierte Mafiosi in ihren Gefängniszellen nicht mehr wie im Fünf-Sterne-Hotel residieren. Und sie durften auch nicht mehr darauf hoffen, daß irgendein von der Mafia bestochener Richter im Berufungsprozeß Urteile aufheben würde. Was jahrzehntelang weitgehend unbeachtet von der Öffentlichkeit geduldet worden war, hätte Anfang der 90er Jahre einen Skandal ausgelöst und den Ausgang der Parlamentswahlen beeinflußt.

Angesichts dieses Klimas war Gaetano Ianni klar, daß er nur eine Chance hatte, sich und seine Familie zu retten: Er wechselte – als einer der ersten Paten überhaupt – die Front. Als Ianni signalisierte, daß er zur Kollaboration bereit sei, hatten die Staatsanwälte in Caltanisseta auf Sizilien einen Grund zum Feiern: Endlich durften sie darauf hoffen, die Hintergründe des Mafiakrieges rund um Gela aufklären und die Mafiaorganisation *Stidda* zerschlagen zu können.

In einer Nacht-und-Nebel-Aktion wurde die gesamte Familie Ianni von der italienischen Polizei an einen geheimen Ort gebracht. Auch Edith Kliez verließ ihre Wohnung in Gela – und verschwand.

Die Namen ihres Mannes und ihrer Söhne tauchten fortan immer wieder in Mitteilungen italienischer Presseagenturen auf: Jedesmal wenn die Polizei im Rahmen der Ermittlungen über den »Krieg von Gela« weitere Killer verhaftete oder Mafiosi verurteilte, berief sich die Staatsanwaltschaft auf die Aussagen dieser wichtigen Kronzeugen. Rund 500 ehemalige Verbündete oder ehemalige Feinde haben die Iannis als Kronzeugen belastet, 100 Mafiosi wurden aufgrund ihrer Aussagen zu lebenslangen Haftstrafen verurteilt.

Aber über Edith Kliez-Ianni war weder von Presseagenturen noch aus Zeitungsarchiven irgend etwas zu erfahren. Wir wollten wissen: Wer ist diese Frau aus Lüneburg, die 1968 in ihrer Heimatstadt Gaetano Ianni heiratete, mit ihm vier Kinder bekam, ihm nach Sizilien folgte und dort den Aufstieg ihres Ehemannes vom Kleinkriminellen zum Mafiapaten erlebte? Wie hat sie diese Zeit als Deutsche in der Mafia erlebt? Wie konnte sie damit leben, daß nicht nur ihr Mann, sondern auch ihre Söhne zu Killern wurden? Warum hat sie das nicht verhindert? Ist auch sie eine »Mafiosa«?

Es war nicht einfach, ein erstes Interview mit Edith Kliez-Ianni und ihrem Mann Gaetano zu arrangieren. Als Mafiakronzeugen leben beide unter falschem Namen an einem geheimen Ort. Sie werden Tag und Nacht von der Polizei überwacht und vor Killern beschützt. Ohne die Hilfe der Behörden lassen sich Kronzeugen nicht ausfindig machen. Wäre das möglich, hätte der Kronzeugenschutz versagt. Wir mußten also die für den Mafiakrieg von Gela zuständige Staatsanwaltschaft von Caltanisseta, die Kronzeugen-Schutz-Kommission und das Justizministerium in Rom bitten, ein Treffen zu arrangieren. Aber die Antimafia-Ermittler in Italien haben kein Interesse daran, neugierigen Journalisten ihre mit großem Aufwand versteckten Kronzeugen zu präsentieren. Schon gar nicht ausländischen Journalisten.

Unser Kollege und Mitarbeiter der *Bild*-Zeitung Domenico Calabrò ist ein sizilianischer Journalist. Als Reporter der *Gazzetta del Sud* in Catania berichtet er seit 15 Jahren über die Mafia. Den Mafiakrieg auf Sizilien hat er vom ersten Tag an aus nächster Nähe miterlebt. Bei Hunderten von Mordanschlägen war er als erster Reporter am Einsatzort, manches Mal traf er noch vor der Polizei ein. Mit über 1 239 Mafiamorden hat er sich in den vergangenen Jahren beschäftigt, die Hälfte dieser Leichen hat er mit eigenen Augen gesehen. Calabrò führt darüber Buch: Die Statistik hilft ihm, das Grauen zu verarbeiten. An Hunderten von Prozessen hat er als Berichterstatter teilgenommen. Er kennt jeden Polizisten und jeden Staatsanwalt auf Sizilien und ist mit vielen Antimafia-Ermittlern befreundet. Dank Calabròs Vermittlung bekam die *Bild*-Zeitung von Staatsanwalt Francesco Paolo Giordano aus Caltanisseta, von der Kommission für Kronzeugenschutz und vom Justizministerium im Spätsommer 1997 die nötigen Genehmigungen für ein Interview mit Gaetano Ianni und seiner Frau Edith Kliez. Zu diesem Zeitpunkt wußten wir noch nicht, daß nach dieser Begegnung dieses Buch entstehen würde.

Das erste Geheimtreffen mit dem Paten Gaetano und seiner Ehefrau Edith

Wie trifft man sich mit Kronzeugen, die vom Justizministerium versteckt werden? Für uns begann eine Odyssee.

Als erster Treffpunkt wurde uns Bologna genannt. Der heutige Chefredakteur der *Bild*-Zeitung, Udo Röbel, traf aus Hamburg ein. Wir, die Italienkorrespondenten, fuhren von Rom nach Bologna. Unter unserer Kontaktnummer im Innenministerium meldete sich ein Beamter namens Giulio, der uns weitere Anweisungen gab: »Fahren Sie zum Flughafen! Dort wird ein Mietwagen auf Ihren Namen reserviert sein. Nehmen Sie ihn, es wird ein BMW sein. Nehmen Sie kein anderes Auto. Steigen Sie in den Wagen, und fahren Sie auf die Autobahn nach Ferrara. An der ersten Raststätte, die Sie sehen, halten Sie an und rufen diese Nummer wieder an. Haben Sie alles verstanden?«

Am Flughafen Bologna erwartet uns die freundliche Angestellte eines ganz normalen Autovermieters. Wir haben nie mit der Autovermietung gesprochen, dennoch ist auf unseren Namen ein blauer 5er BMW reserviert. Wir steigen in den Wagen und fahren wie befohlen durch die Nacht in Richtung Ferrara. Schon nach wenigen Kilometern taucht eine Raststätte auf. Wir halten und rufen unsere Kontaktnummer an.

»Drehen Sie um! Fahren Sie in Gegenrichtung auf Bologna zu! Fahren Sie an der Ausfahrt Bologna ab in Richtung Rimini. Fahren Sie immer weiter, und rufen Sie in einer halben Stunde wieder diese Nummer an!«

Wir kehren um. An die bezeichnete Ausfahrt schließt sich nur eine dunkle Landstraße an. Sind wir noch auf dem richtigen Weg? Wir fahren langsam in Richtung Meer. Zum vereinbarten Zeitpunkt rufen wir wieder die Nummer in Rom an.

»Fahren Sie nicht nach Rimini, fahren Sie nach Ravenna! Bleiben Sie auf der Straße, und fahren Sie nach Ravenna! Wenn Sie dort sind, rufen Sie wieder an!« fordert Giulio.

Welchen Zweck hat dieses Verwirrspiel? Zumindest einen: Wir sind verunsichert. Die Stimmung im Auto ist gespannt. Wir haben das Gefühl, daß wir verfolgt werden. Werden unsere Gespräche im Auto abgehört? Warum sollten wir ausgerechnet diesen Wagen nehmen? Ist er verwanzt?

Wir rollen am Ortsschild Ravenna vorbei, kurz danach rufen wir wieder an.

»Fahren Sie zum Meer! Dort sind im Parkhotel zwei Zimmer reserviert. Fahren Sie direkt dorthin!«

Das unscheinbare Mittelklasse-Hotel liegt an einem Nullachtfünfzehn-Strand. Weit draußen auf dem Meer kann man die Tanker sehen, die in Ravenna anlegen werden. Der Tag war lang. Wir haben Hunger. Doch das Restaurant im Hotel ist schon geschlossen. Wir fragen den Nachtportier, wo wir noch etwas zu essen bekommen. Er schickt uns ein paar Häuserblocks weiter.

Als wir das Restaurant auf der anderen Straßenseite sehen und nur noch die Fahrbahn überqueren wollen, rauscht unser sizilianischer Kollege Domenico Calabrò vor. Er berichtet, daß er vom Innenministerium kreuz und quer durch Italien geschickt wurde. Das Treffen sollte zunächst in Bologna, dann in Rimini, dann in Verona stattfinden. Wir hoffen, daß es morgen überhaupt zu einem Treffen kommt.

Die Stimme am Telefon bestätigt am nächsten Morgen: »Es ist soweit. Kommen Sie zum Polizeihauptquartier in Ravenna! Warten Sie dort!«

Es ist ein heißer Tag. Vor dem großen modernen Gebäude der Polizei in Ravenna warten wir schwitzend darauf, daß irgend etwas passiert. Wir werden nicht erwartet, und wir werden auch nicht in die Polizeiwache eingelassen. Die Stadt wirkt wie ausgestorben. Es ist die Zeit der Mittagsruhe. Kein

Mensch ist auf der Straße zu sehen. Wir warten, und mit jeder Minute, die verstreicht, werden wir immer sicherer, daß es kein Treffen geben wird. Kann es überhaupt sein, daß ein Staat einen hochgefährlichen Mafioso in dem aufwendigsten Kronzeugenprogramm der Welt schützt, um ihn dann von Reportern ausfragen zu lassen? Warum sollte eine Frau wie Edith Kliez überhaupt mit Journalisten sprechen wollen? Hat ein Beamter im Innenministerium, der seine Kompetenzen übertrat und anschließend kalte Füße bekam, mit uns nur Katz und Maus gespielt?

Plötzlich fährt ein dunkelblauer Alfa Romeo vor. Drei junge Männer springen heraus. Sie tragen T-Shirts und legere Hosen, ihre Haare sind zum Teil schulterlang. Die drei sähen aus wie Studenten, die gerade einen Ausflug an den Strand machen wollen, wären da nicht die großkalibrigen Pistolen, die sie im Gürtel stecken haben. Sie zeigen ihre Ausweise, sie gehören zur DIA, der Direzione Investigativa Antimafia: Das sind die besten Polizisten, die der Staat im Kampf gegen das organisierte Verbrechen aufbietet. Die Männer prüfen unsere Pässe und fordern uns auf, ihnen zu folgen: »Bleiben Sie mit dem Auto immer dicht hinter uns!«

Wir fahren kreuz und quer durch Ravenna, im Grunde aber bewegen wir uns im Kreis. Nach ein paar Kilometern sind wir wieder ganz nah am Hauptquartier der Polizei. Die Wagen halten in einer Nebenstraße vor einem unauffälligen Wohnhaus. Das Lebensmittelgeschäft und die chemische Reinigung im Erdgeschoß sind wegen Mittagspause geschlossen. Wir steigen mit den Beamten die Treppen hoch. Im ersten Stock öffnen die Polizisten die drei Sicherheitsschlösser einer Holztür.

Die Wohnung dahinter ist komplett eingerichtet und picobello aufgeräumt. An den Wänden hängen Bilder, Drucke, Zeichnungen mit privatem Charakter, doch im Bad gibt es kein Handtuch. Das Apartment ist offensichtlich unbewohnt. Im Wohnzimmer steht ein langer Eßtisch aus Holz mit fünf Stühlen. Während wir uns umschauen, springt die Wohnungstür auf. Von einer zweiten Gruppe Polizisten eskortiert, betreten Gaetano Ianni und Edith Kliez den Raum.

Wie sieht ein Mafia-Pate aus, der von sich behauptet: »Meine Familie hat 500 Menschenleben auf dem Gewissen?«

Gepflegt und elegant. Der 50jährige Gaetano Ianni trägt eine Sommerhose aus blauem Tuch zu teuren braunen Slippern. Ein schwarzes Ellesse-T-Shirt betont seine kräftigen Oberarme. Sein volles graues Haar ist perfekt geschnitten, das Kinn glatt-rasiert, die Fingernägel an seinen schmalen Händen sind manikürt. Er ist etwa 1,75 Meter groß, breitschultrig, stämmig. Gaetano Ianni wirkt selbstsicher und bewegt sich wie ein Mann, der es gewohnt ist, daß man ihm Respekt zollt.

Seine Frau hingegen ist nervös.

Edith Kliez-Ianni muß als junges Mädchen eine bildhübsche Blondine gewesen sein. Heute, mit 49 Jahren, ist sie eine attraktive Dame. Man könnte sie für eine Boutiquebesitzerin halten, vielleicht auch für eine Zahnarztgattin. Sie trägt ein ärmelloses rotes Sommerkleid mit passendem Bolero-Jäckchen zu schwarzen Riemchensandalen. Italienischer Goldschmuck unterstreicht ihren tiefgebräunten makellosen Teint. Die einzigen sichtbaren Falten haben sich über ihrer Oberlippe eingegraben. Ihr grau-blondes lockiges Haar hat sie zu einem Pferdeschwanz zusammengebunden. Auf ihrer Stirn stehen Schweißperlen. Anders als ihr Mann steht Edith Kliez sichtlich unter Streß.

Frau Kliez bittet uns, das Interview auf italienisch zu führen, weil sie nach so vielen Jahren auf Sizilien nicht mehr gewohnt sei, sich in ihrer Muttersprache auszudrücken. Dabei spricht sie fließend deutsch mit niedersächsischem Akzent, solange wir über Belanglosigkeiten plaudern. Erst als wir das Tonband einschalten, wird Edith Kliez einsilbig. Ihr Mann hingegen genießt es, im Zentrum der Aufmerksamkeit zu stehen.

»Sie haben eine Stunde Zeit«, sagt ein italienischer Polizist auf deutsch zu uns. »Nicht eine Minute mehr.« Der zweisprachige Beamte wurde eingesetzt, um zu verhindern, daß Gaetano

Ianni und seine Frau Edith Ermittlungsgeheimnisse preisgeben.

Wir haben ein Problem: Die Fragen, die wir vorbereitet haben, richten sich vor allem an Edith Kliez. Wir würden gerne soviel wie möglich über ihr Leben erfahren. Aber die Gesprächssituation könnte ungünstiger nicht sein. Schon von Natur aus wortkarg, ist Edith Kliez jetzt stark gehemmt. Von sechs Polizisten beobachtet, vom Ehemann dominiert, fürchtet sie unsere Fragen geradezu. Ein vertrauliches Gespräch kann so nicht zustande kommen. Gleichzeitig erwartet ihr Mann ganz offensichtlich, daß wir uns für ihn interessieren. Wieviel Respekt müssen wir dem Mafioso zollen?

Das Interview

Bild: »*Herr Ianni, warum sind Sie zum Massenmörder geworden?*«
GAETANO IANNI: »Wer mit der sizilianischen Mafia zu tun hat,
   der lebt nach dem Gesetz: Entweder bekommst du den Kopf
   deines Gegners oder du verlierst deinen eigenen. Das ist
   Krieg. Wenn es auf Sizilien einen kleinen Konflikt zwischen
   zwei Familien gibt, dann gibt es nur Sieg oder Niederlage.
   Niemand will sein Machtterritorium aufgeben. *Cosa Nostra*, die mächtige Mafiaorganisation aus Palermo, wollte
   Wurzeln in unserem Territorium schlagen, aber das haben
   wir ihr nicht erlaubt. Weil wir es gewagt haben, *Cosa Nostra*
   die Stirn zu bieten, weil wir dabei waren, mächtiger zu
   werden als die klassische Mafiaorganisation, deshalb gab es
   so viele Tote. Die Strategie der *Cosa Nostra* ist es, den Gegner
   auszulöschen, die ganze Familie zu zerstören, alle Mitglieder
   umzubringen, bis auf den letzten. Aber wir hatten die besten
   Killer, die auf Sizilien zu haben waren.«

Bild: »*Waren Sie selbst der wichtigste Mörder Ihres Clans?*«
IANNI: »Ich habe schon als Kind versucht, Menschen zu ermor-
   den, aber es dauerte eine Weile, bis mir vor neun Jahren mein
   erster Anschlag geglückt ist. Später habe ich die Morde
   befohlen und die Attentate organisiert. Meine Familie hat
   mehr als 500 Morde begangen. Wir haben alle großen Massaker in den vergangenen zwei Jahrzehnten auf Sizilien organisiert.«

Bild: »*Ist es wahr, daß Ihr jüngster Sohn Simon schon mit 13
Jahren zum Killer wurde?*«

Ianni: »Ja, er hatte die Pistole im Schulranzen. Er hat zunächst nur in Gela getötet. Später konnten wir ihn auch außerhalb der Stadt einsetzen. Auf Sizilien wußte man das. Unsere Familie stand immer im Rampenlicht. Ich hielt meinem Sohn natürlich keine Moralpredigt. Es war Krieg.«

Bild: »*Simon war also schon als Kind ein vollständiges Mitglied der Mafiafamilie?*«
Ianni: »Alle meine drei Söhne gehörten dazu, auch Simon. Er war bei allen Treffen dabei. Er wußte genau, worum es ging.«

Bild: »*Bekam er von Ihnen Geld dafür, wenn er jemanden ermordete?*«
Ianni: »Er wurde nicht bezahlt. Es war logisch, wenn er jemanden von *Cosa Nostra* umbrachte, dann tat er das für die Familie.«

Bild: »*Hatten Sie Kontakt zur Mafia in Deutschland?*«
Ianni: »Es gibt in Deutschland Leute, die zu unserer Organisation, der *Stidda*, gehören. Als wir immer größer wurden, haben wir überall Verbündete finden können, überall auf Sizilien, in vielen Städten Italiens und schließlich auch in Deutschland. Vor allem, um Drogen zu vertreiben. Einige unserer Verbündeten haben sich in Deutschland versteckt, nachdem sie sehr wichtige Morde in Italien begangen hatten. So reisten Verbündete von uns aus Deutschland an, erschossen 1990 den Richter Rosario Livatino und fuhren nach Deutschland zurück. Andere Mitglieder unserer Organisation führten Restaurants, die als Tarnung dienten, um mit Drogen zu handeln. Vor allem in Hamburg und in Bayern.«

Bild: »*Haben Sie in Deutschland auch mit Waffen gehandelt?*«
Ianni: »Nein, das war zu gefährlich. Schutzgelderpressung funktioniert in Deutschland auch nicht. Die Waffen haben wir in Belgien sowie in der Schweiz gekauft und dann nach Italien gebracht.«

Bild: » Wie erklären Sie sich, daß die Mafia ausgerechnet rund um ihre Geburtsstadt Gela so mächtig wurde?«

IANNI: »Der Hauptgrund ist die hohe Jugendarbeitslosigkeit. Wenn wir Handlanger brauchten, machten die auch sehr gefährliche Jobs für sehr wenig Geld. Wenn diese Jungs die Chance auf einen Arbeitsplatz bekommen hätten, wären sie nicht Mitglieder der Mafia geworden.«

Bild: » Warum sind Sie Kronzeuge geworden?«

IANNI: »1992, als ich im Untergrund lebte, begann meine Organisation armselig zu werden. Meine Familie wollte einige Kaufleute umbringen, um sich Respekt zu verschaffen. Mit der Ermordung eines Kaufmanns wollten sie den Rest dazu bringen, umgerechnet 100 Mark mehr zu zahlen. Das gefiel mir ganz und gar nicht. Ich war schließlich selbst mal Kaufmann. Einige meiner Verbündeten begannen aus niederen Motiven zu morden: Sie töteten jemanden, weil er ihnen ein Grundstück oder ein Geschäft nicht verkaufen wollte.«

Bild: » Bereuen Sie Ihre Taten?«

IANNI: »Durch die Zusammenarbeit mit der Polizei habe ich meine Reue bewiesen.«

Bild: » Frau Kliez: Wieviel wußten Sie über die mafiösen Aktivitäten Ihres Mannes?«

Ianni: »Am Anfang wußte meine Frau von gar nichts. Wir führten ein normales Leben. Wir hatten ein großes Bekleidungsgeschäft.«

Bild: » Frau Kliez, wie konnten Sie das, was Ihr Mann und Ihre Söhne taten, mit Ihrem Gewissen, mit Ihrem Gott vereinbaren?«

EDITH KLIEZ: »Ich gehe in die Kirche. Ich bete. Ich denke dort über diese Dinge nach.«

IANNI: »Ich bin religiös. Aber ich kann die Dinge, die ich getan habe, nicht einem Priester erzählen. Ich weiß nicht, wie er reagieren würde, auch wenn er dem Beichtgeheimnis unterliegt. Ich werde eine Generalbeichte ablegen, wenn meine Rechnung, die ich mit der Justiz offenhabe, beglichen ist.«

Bild: »*Ist Ihnen also die Vergebung durch eine höhere Instanz wichtig?*«
EDITH KLIEZ: »Ja, natürlich.«
IANNI: »Für mich wäre das sehr wichtig. Meine Seele hat sich schon wieder Gott zugewandt, auch wenn ich nicht in die Messe gehe.«

Bild: »*Haben Sie Alpträume?*«
EDITH KLIEZ: »Ja, ab und zu. Ich kann sie nicht genau beschreiben. Ich träume nicht davon, was meine Kinder gemacht haben, wenn Sie das meinen.«
IANNI: »Ich träume häufig von den Leuten, die ich kannte und die von meinem Clan oder von mir erschossen worden sind. Ein Mord ist ja nun auch keine Sache, die man leicht wieder vergißt. Die Leute, die ich umgebracht habe, von denen träume ich häufig. Aber nicht vom Moment der Tat. Ich sehe meine Opfer vor mir. Sie sprechen mit mir.«

Bild: »*Was sagen sie Ihnen?*«
IANNI: »Vor ein paar Tagen hatte ich einen Traum, in dem einer, den ich umgebracht habe, Geld von mir verlangte. Er stand vor mir und wollte ein paar Millionen Lire. Es war praktisch so, daß ich eine alte Schuld hätte begleichen müssen, darum ging es. Nicht wirklich um das Geld.«

Bild: »*Frau Kliez: Wie haben Sie sich das erklärt, daß Ihre Kinder, die ihre ersten Lebensjahre in Deutschland in einem ganz normalen Umfeld verbracht hatten, auf Sizilien zu Killern wurden?*«
Edith Kliez: »Ich kann mir das eigentlich auch nicht erklären.

Bis die Kinder zehn, zwölf Jahre alt waren, entwickelte sich ja alles ganz normal. Obwohl, die italienischen Kinder, die sind anders da unten auf Sizilien. Viel aggressiver. In unserem Stadtteil Settefarine in Gela spielen die Kinder, indem sie sich Steine an den Kopf werfen. Sich gegenseitig zu steinigen war ein Spiel. Das ist zwar brutal, aber das ist eben eine andere Mentalität.«

Bild: »Frau Kliez, wenn Sie die Mütter der jungen Menschen, die Ihre Söhne erschossen haben, auf der Straße treffen würden, was würden Sie ihnen sagen?«
EDITH KLIEZ: »Die Mütter haben nichts damit zu tun. (Pause) Ich würde Sie um Verzeihung bitten, natürlich. Das tut mir alles natürlich leid.«

Bild: »Haben Sie jemals für die ermordeten Opfer Ihres Mannes und Ihrer Kinder gebetet?«
EDITH KLIEZ: »Nein.«
IANNI: »Als ich noch aktiv war, gab mir jeder Mord, den ich beging, einen Grund, um froh und glücklich zu sein, weil es mir gelungen war, meinen Feind zu vernichten. Ich war froh, wenn ich ihn erschossen hatte. Erst später habe ich begonnen, wirklich zu bereuen. Während der Zusammenarbeit mit der Justiz habe ich begriffen, daß all diese Morde vollkommen sinnlos waren. Ich bin nicht in die Kirche gegangen. Ich bin nicht zu den Priestern gegangen: Ich habe vor den Richtern bereut. Das ist meine Art und Weise, mich bei den Angehörigen zu entschuldigen. Ich bin einer der wenigen Kronzeugen, die wirklich Schluß machen wollen mit der Mafia. Deswegen habe ich auch meine Söhne vor Gericht all der Morde beschuldigt, die sie begangen haben. Das hat bisher kein anderer Kronzeuge getan. Die meisten versuchen, einen Teil der Familienangehörigen vor dem Gefängnis zu retten. Ich bin froh, daß auch meine Kinder alles eingesehen haben und in das Kronzeugenprogramm eingetreten sind. Auch meine

Kinder fragen sich jetzt: Warum haben wir all die Leute ermordet? All diese Morde haben doch zu nichts geführt.«

Bild: »Frau Kliez, sind auch Sie auf Sizilien straffällig geworden?«
EDITH KLIEZ: »Nein, ich habe nie etwas verbrochen, außer vielleicht, daß ich meinen Mann nicht angezeigt habe.«

Bild: »Haben Sie nicht daran gedacht, Ihren Mann zu verlassen, als Sie bemerkten, daß er ein Mafia-Pate ist?«
EDITH KLIEZ: (Lange Pause) »Wir haben schon darüber gesprochen, über die Morde, über all das. Ich war natürlich dagegen. Es ist nicht so, daß ich nur dagesessen habe und gesagt: ›Mach das ruhig!‹ Natürlich gab es da Auseinandersetzungen. Aber nicht so, daß ich mich hätte scheiden lassen. Allein schon wegen der Kinder. Ich weiß, er hat sie zu Mafiosi gemacht, aber trotzdem konnte ich denen doch nicht den Vater wegnehmen.«

Bild: »Wenn Sie das Rad der Zeit noch einmal zurückdrehen könnten und gewußt hätten, was das Leben mit Gaetano Ianni bedeutet, würden Sie ihn wieder heiraten?«
EDITH KLIEZ: (Lange Pause. Dann blickt sie ihren Mann an.) »Ich würde sagen: Ja. Ich würde ihn wieder heiraten und wieder Kinder von ihm wollen. Ich weiß, daß viele Frauen in Deutschland, wenn sie das hier lesen, sagen werden: Wie kann eine Frau einen solchen Mann lieben und bei ihm bleiben? Ich weiß, daß viele Frauen in Deutschland das nicht akzeptieren werden. Ich weiß, daß es viele Frauen gegeben hat, die mit ihren Männern nach Sizilien gegangen sind und die sie dann verlassen haben. Ich habe das nicht getan.«
IANNI: »Das war eine sehr schwierige Frage an meine Frau.«

Bild: »War es für Sie denn nicht schwierig, von Lüneburg nach Gela umzuziehen?«
EDITH KLIEZ: »Die Umstellung war am Anfang sehr hart. Aber dann habe ich mich irgendwie angepaßt.«

Bild: »*Sie müssen doch einen Alptraum erlebt haben?*«
Edith Kliez: »Schwer war vor allem, als mein Sohn Marco im
 Gefängnis saß und mein Mann flüchtig war. Ich hatte nur
 noch Simon, der war ja noch ganz klein.«

Bild: »*Und trotzdem schon ein Killer ...*«
EDITH KLIEZ: (schluchzt) »Ja, aber erst war er einfach klein und
 noch bei mir. Ich weiß nicht, wie das andere kam. Er (deutet
 auf Gaetano) hat da sicher seine Schuld.«

Bild: »*Wenn sich Ihre Kinder untereinander treffen, sprechen
sie dann über die Mafia?*«
EDITH KLIEZ:»Ja, die reden darüber, aber nicht, indem sie sich
 etwas vorwerfen. Die sagen nicht: Was hast du da bloß gemacht, wie konntest du das tun? Wir sind eine Familie. Wir
 greifen uns nicht gegenseitig an. Wir halten zusammen.«

Bild: »*Wissen Ihre Verwandten in Deutschland, daß Ihr Mann
ein Mafia-Pate war?*«
EDITH KLIEZ: »Nein, meine Verwandten wissen von nichts.«

Unsere Gesprächszeit ist abgelaufen. Und wir können uns noch
kein Bild machen von Edith Kliez. Ihre kargen Antworten werfen weitere Fragen auf, ihre Lebensgeschichte erscheint uns
noch rätselhafter als zuvor. Die Polizisten rüsten zum Aufbruch,
Handys klingeln, Ianni klärt Termine mit seinen Leibwächtern
ab. Udo Röbel nutzt die allgemeine Hektik, um noch ein paar
persönliche Worte mit Edith Kliez zu wechseln. »Wären Sie bereit, Ihre Lebensgeschichte für uns aufzuschreiben?« fragt er
zum Schluß. Sie verspricht, darüber nachzudenken. Dann wird
das Ehepaar hinausbegleitet. Wir müssen noch einige Minuten
warten, dann dürfen wir auch gehen. Die Polizisten verabschie-
den sich von uns. Wir stehen auf der Straße in Ravenna, als wäre
nichts passiert. Kaum sind die Autos der Polizei verschwun-
den, kommt uns alles unwirklich vor. Was muß damals dort

unten auf Sizilien in den Jahren passiert sein? Was sagte Edith Kliez noch: Andere Frauen hätten ihre Männer auf Sizilien verlassen. Sie sei geblieben. Was für eine Stadt muß das gewesen sein, in der ein Mann wie Gaetano Ianni regierte? Was weiß man dort noch über den Paten, der 500 Menschen umbrachte? Wir reisen nach Sizilien.

Ortstermin in Gela

Die Straße, die von Catania aus in Richtung Gela führt, schlängelt sich zunächst durch gigantische Orangenplantagen an den Hängen des Vulkans Ätna. Je weiter wir nach Süden kommen, desto karger wird die Landschaft. Schließlich fahren wir durch eine Steppe, in der nur noch Kakteen am Straßenrand einstauben. Gela liegt etwa auf dem gleichen Breitengrad wie Tunis in Nordafrika.

Nach der langen Autofahrt durch die Hitze ist der Anblick des Meeres eine Enttäuschung: eine gigantische Raffinerie, die Enichem, beherrscht die Silhouette von Gela. Daneben sollte eine kleine Barackensiedlung für Arbeiter entstehen. Die Hoffnung darauf, in der staatlichen Raffinerie einen festen Job zu finden, trieb Ende der 70er Jahre Zehntausende in diesen unwirtlichen Teil Siziliens. Das Hafenstädtchen Gela wuchs schneller, als geplant. Wie Geschwüre breiteten sich Betonblocks aus. In keiner anderen Stadt Italiens wurden so viele Plattenbauten ohne Bebauungsplan errichtet. 13 000 Wohnungen, beinahe zwei Drittel aller Wohnblocks, entstanden illegal. Die Stadtverwaltung ließ nie Wasser- und Stromleitungen legen. Von weitem sieht man bereits die blauen Wassertanks auf den Dächern, die immer wieder nachgefüllt werden müssen.

Den Stadtteil Settefarina, in der die Familie Ianni wohnte, nennt die örtliche Polizei »Die Bronx«. Die meisten Wohnhäuser sind schmucklose Würfel, drei Stockwerke hoch, mit Billigmaterial ohne Genehmigung errichtet. Nie hat sich jemand die Mühe gemacht, die grauen Fassaden zu tünchen. Die Sommerhitze steht in den menschenleeren, staubigen Straßen. Es gibt keinen einzigen Baum, der Schatten spendet.

Wir spüren, daß wir schon allein deshalb auffallen, weil wir in unserem Mietwagen durch die Straßen fahren, ohne ein Ziel zu haben. Gela hat keine romantischen Plätze, auf denen die Menschen abends flanieren, keine Parks, in denen Kinder spielen. Wer mit dem Zug ankommt, steigt direkt am Friedhof aus, der neben den Gleisen liegt. Noch immer bewachen im Abstand von wenigen hundert Metern schwer bewaffnete Soldaten des Armeesonderkommandos *Sizilianische Vesper* hinter Schilden aus Panzerglas die Straßen. Als der Mafiakrieg in Gela seinen Höhepunkt erreichte, schickte der Staat die Armee. Sie wurde noch nicht wieder abgezogen.

Gela ist eine Betonwüste. Sogar die Strandpromenade deprimiert. Vor dem Strand warten Öltanker darauf, entladen zu werden. Es riecht nach Chemie und Benzin. Wir fahren zum Hafen und stoppen neben den Kais. Ein paar Boote dümpeln im Becken.

»Was wollt ihr?« schnauzt uns ein kräftiger junger Fischer an. Als wir aus dem Auto steigen, pfeift er leise, sofort stehen fünf Männer neben ihm.

»Also, was wollt ihr?« fragt er noch einmal.

»Wir interessieren uns für einen Mann, der hier einmal eine ganze Menge zu sagen hatte. Gaetano Ianni«, sagen wir.

Es ist, als hätten wir eine Bombe aus dem Auto geholt. Der Name Ianni ändert die Haltung der Fischer. Sie starren uns an. Sie beobachten uns von Kopf bis Fuß, als wüßten sie, daß sie uns bald ganz genau beschreiben müssen. Nach einigen Augenblicken sagt einer der Fischer: »Wir haben diesen Namen nie gehört.«

Sie drehen sich um, verschwinden in der Halle. Wir rufen hinter ihnen her: »Wir wollen mit jemandem sprechen, der ihn gekannt hat.«

Der junge Fischer kommt noch einmal zurück und sieht uns in die Augen. »Geht in das Restaurant ›***‹ oben in der Stadt.«

Wir fahren vom Hafen wieder hinauf nach Gela. Das Restaurant liegt an einer Straßenkreuzung. Von außen sieht es unscheinbar aus. Wir treten ein. Als alle drei Kellner und der Restaurantbesitzer uns mißtrauisch anstarren, ist uns klar, daß man uns erwartet hat. In Italien haben auch Fischer Handys.

Wir sagen dem Wirt die Wahrheit, nämlich daß wir harmlose deutsche Journalisten sind und uns das Restaurant empfohlen wurde. Er traut uns nicht. Er fragt sich, ob wir wirklich Journalisten oder nicht vielleicht doch Polizisten sind, oder ob wir von jemandem geschickt wurden, der noch eine Rechnung mit Gaetano Ianni offenhat. Davon gibt es viele hier auf Sizilien. Er läßt uns in einer Ecke direkt am Fenster Platz nehmen. Nur Touristen wollen an Fenstern sitzen. Für Antimafia-Polizisten oder Gangster wäre das ein unnötiges Sicherheitsrisiko.

Der Kellner bringt Wasser, Wein und Vorspeisen. »Das geht auf Kosten des Hauses«, murmelt er.

Schließlich kommt der Restaurantbesitzer direkt an unseren Tisch.

»Ich nehme an, sie essen bestimmt nur Fisch und gar nichts anderes«, sagt er.

»Wie kommen Sie darauf?«

»Ich rate vielen Gästen, sogar mal hinunter zum Hafen zu fahren und zu sehen, wie frisch der Fisch ist, den wir hier verarbeiten.«

»Wir waren gerade im Hafen.«

»Ja, das ist interessant. Gela ist nicht gerade eine Stadt, in der Urlauber die Hafenpromenade bewundern.«

»Wir machen ja auch keinen Urlaub hier. Wir sind Journalisten.«

»Richtig, das sagten Sie. Es gibt ja bestimmt viel Interessantes für Journalisten in Gela.«

»Wir interessieren uns für Leute, die einen Mann namens Gaetano Ianni gekannt haben.«

»Das soll ja ein gefährlicher Verbrecher gewesen sein«, sagt der Restaurantbesitzer. »Das habe ich einmal in der Zeitung gelesen.«

Das Essen ist ausgezeichnet. Für ein sizilianisches Restaurant herrscht aber eine geradezu gespenstische Stille.

Als wir gehen wollen, kommt der Restaurantbesitzer noch einmal zu uns zurück.

»Hat es geschmeckt?«

»Ausgezeichnet«, sagen wir.

»Sie werden sich wahrscheinlich noch etwas an den Strand legen wollen.«

»Nein, wir wollen uns mal ein bißchen die Orte ansehen, an denen die Familie Ianni gewütet hat. Da gibt es eine Spielhalle, in der es ein Massaker gegeben hat. Die muß doch hier in der Nähe sein.«

Ganz plötzlich wechselt der Restaurantbesitzer den Ton, sieht uns scharf an. »Gaetano Ianni«, sagt er leise, »hat fast jeden Abend dort an diesem Tisch gesessen.« Er deutet zum hinteren Ende des Lokals. »Ich war sehr stolz darauf, daß er zu mir gekommen ist, und ich respektiere ihn immer noch. Klar?«

Wir zahlen und gehen. Zwei Kellner des Restaurants lungern an unserem Auto herum, als wir herauskommen. Sie sagen leise, aber sehr bestimmt: »Verschwindet jetzt hier!«

Wir bekommen die Lebensgeschichte der Frau des Paten

Wir hatten kaum darauf zu hoffen gewagt, aber einige Monate später leitet uns die Staatsanwaltschaft in Caltanisseta tatsächlich ein Manuskript zu. Edith Kliez hat ihre Lebensgeschichte zu Papier gebracht, sie ist in der ihr eigenen klaren, einfachen Sprache abgefaßt. Ihre Erinnerungen lesen sich wie ein Schulaufsatz. Sie sind auch ebenso kurz. Aber uns wird vieles klar.

Ediths bewegende Kindheitserlebnisse sind der Schlüssel für ihren weiteren Lebenslauf. Ihre Äußerungen zu der Zeit auf Sizilien fallen zunächst sehr knapp aus. Viele Wochen lang korrespondieren wir mit ihr per Fax. Die Staatsanwaltschaft leitet Fragen und Antworten weiter. Schließlich wird uns sogar ein weiteres Treffen genehmigt.

Diesmal findet die Begegnung nach verwirrenden Umwegen im Konferenzsaal einer Carabinieri-Kaserne in einem Urlaubsort am Gardasee statt. Das Ehepaar Kliez-Ianni tritt noch eleganter auf als beim ersten Treffen. Edith trägt einen perfekt geschnittenen caramelfarbenen Hosenanzug zum Max-Mara-Mantel, Gaetano einen Designeranzug aus feinstem Zwirn und handgenähte Budapester Schuhe. Ein edles und teures Outfit für eine Familie, die seit fünf Jahren mit einer staatlichen »Kronzeugenrente« von umgerechnet 3 000 Mark im Monat auskommen muß.

Edith Kliez hat Familienfotos mitgebracht, von ihren drei attraktiven Söhnen, von ihrer bildhübschen Tochter, von ihren ersten Enkeln. Die Polizisten wählen aus, welche Fotos alt oder unscharf genug für eine Veröffentlichung sind. Gemeinsam betrachten wir glückliche Familienszenen.

»Es sind wirklich liebe Kinder«, versichert die Frau des Paten und legt ihre Befangenheit ab.

Dieses Mal sind nur noch zwei Angehörige der Antimafia-Einheit beim Gespräch dabei: Als ständige Leibwächter gehören diese jungen Männer schon fast zur Familie, auch wenn sie nicht im Haus der Iannis wohnen.

Beim Gespräch über ihren Nachwuchs, ihre Wohnung, ihre Alltagssorgen ist Edith Kliez eine ganz normale, sehr mütterliche, sympathische Hausfrau aus Lüneburg. Über die Verbrechen ihrer Kinder kann sie nur unter Tränen sprechen. Als sie von einem Weinkrampf geschüttelt wird, nimmt einer der Polizisten sie schützend in den Arm und tröstet sie. Drei Stunden lang dürfen wir mit Edith Kliez sprechen, um ihre Aufzeichnungen zu vervollständigen.

Anschließend schlagen die beiden staatlichen Bodyguards vor, zum Mittagessen in ein nahes Restaurant mit Seeblick zu fahren. Einzige Bedingung: Am Tisch darf nicht über die Mafia gesprochen werden.

So nehmen wir Platz zwischen deutschen Urlaubern und Einheimischen, denen nichts Ungewöhnliches an unserer Gruppe auffällt. Wie sollten die Touristen auch ahnen, daß sie an diesem sonnigen Frühlingstag neben einem Mafia-Paten und seiner Gattin speisen und daß die beiden Männer am Kopfende des Tisches Spezialagenten der Antimafia-Einheit sind, die Waffen unter ihren Jacketts tragen?

Wir sprechen über das Thema, mit dem sich Italiener bei Tisch ohnehin am liebsten beschäftigen: Wir reden über das Essen. Und erfahren, daß der Massenmörder Gaetano Ianni ein Meister bei der Zubereitung von Pasta ist und Edith sich nach all den Jahren auf Sizilien noch immer vor frischen Meeresfrüchten ekelt. So verbringen wir in diesem Restaurant am Gardasee eine Plauderstunde absurder Normalität.

Dieses alltägliche Element durchzieht auch die Erinnerungen von Edith Kliez. Ihre spannende Schicksalsgeschichte ist gerade deshalb ein einzigartiges Dokument: Nie zuvor hat die Frau eines Paten aus ihrem Alltag erzählt. Vom Mythos Mafia, den Mario Puzo 1969 in seinem Roman *Der Pate* erfand, bleibt in diesem authentischen Bericht nichts mehr übrig. Die moderne Mafia auf Sizilien hält sich nicht mit Ehrenkodex oder Ritualen auf. Um in Gaetano Iannis *Stidda* aufgenommen zu werden, leisteten die jungen Menschen, die für ihn erpreßten, raubten und mordeten, keine Blutschwüre und mußten sich auch keinerlei Einführungszeremonien unterziehen. Sie bekamen eine Waffe, erledigten ihren Job und wurden bar oder mit Rolex-Uhren bezahlt.

Die weit verbreitete, in Romanen und Filmen immer wieder detailreich ausgestaltete Vorstellung, Mafia-Paten lebten wie Edelmänner auf schloßartigen Anwesen mit beheizten Hallenbädern, wählten morgens aus ihrem Fuhrpark zwischen Rolls-Royce, Ferrari und Porsche ein passendes Gefährt, schlössen ihre Geschäfte auf ihrer Luxusyacht ab und verbrächten ihren Urlaub auf der Privatinsel in der Karibik, erweist sich als Hirngespinst.

Die Familie Ianni lebte in Gela in einer Wohnung, die kein Angestellter des mittleren Managements in Deutschland gegen sein Einfamilienhaus tauschen würde, obwohl Edith bei der Einrichtung ihres Appartements nur das beste und teuerste aus den Auslagen auswählte, die das Möbelgeschäft ihrer Schwägerin im Industriegebiet von Gela zu bieten hatte.

Wir erfahren von Edith Kliez, daß ihr Mann auf dem Höhepunkt seiner kriminellen Karriere zwar Macht und Einfluß besaß, Respekt und Privilegien genoß und es durchaus zu ansehnlichem Wohlstand brachte. Ein Leben in Saus und Braus jedoch strebte er nicht einmal an. Warum nicht? Lesen Sie selbst, was Edith Kliez über ihr Leben an der Seite des Mafia-Paten berichtet …

Edith Kliez über sich

Ich heiße Edith Kliez, ich bin Deutsche und wurde 1949 in Lüneburg geboren. Dort habe ich bis zu meinem 30. Lebensjahr gewohnt. Ich war eine Hausfrau und Mutter von vier Kindern. Ich wollte nie etwas anderes sein. Ich wäre gern in Lüneburg geblieben. Ich wollte dort meine Kinder aufziehen, und ich hätte mir gewünscht, dort gemeinsam mit meinem Mann alt zu werden.

Aber mein Mann ist Italiener. Als er in seine Heimat zurückkehren wollte, bin ich mit ihm gegangen, weil ich hoffte, daß wir dort ein ruhigeres Leben führen würden. Mit unseren vier Kindern sind wir nach Sizilien gezogen. Das war unser Verhängnis.

Ich heiße Edith Kliez, aber heute steht ein anderer Name in meinem Paß, den ich von der italienischen Polizei bekommen habe. Heute lebe ich mit meinem Mann ständig auf der Flucht. Im Moment werden wir an einem geheimen Ort in Norditalien versteckt. Meine Nachbarn dürfen nicht erfahren, wer wir sind.

Wenn meine neuen Bekannten mich nach meiner Vergangenheit fragen, soll ich ihnen eine erfundene Geschichte erzählen. Ich muß lügen, zu meinem und zu ihrem Schutz. Denn mein Mann und ich sowie alle meine vier Kinder leben in ständiger Gefahr. Wir haben Todfeinde.

Wir müssen dauernd umziehen. Zur Zeit leben wir in einem Apartment mit Garage unter dem Haus. Das Garagentor geht elektronisch auf, und von der Garage aus gibt es einen direkten Zugang zu der Wohnung. Das ist sicherer. Denn Killer lauern ihren Opfern meistens vor der Haustür auf.

Wir werden rund um die Uhr bewacht, und abends nach 20 Uhr müssen wir immer in unserer Wohnung sein. Ich darf den Ort, an dem wir leben, nicht verlassen. Jedesmal, wenn ich zu einem Arzttermin in die nächste Kreisstadt fahren will, muß ich vorher den Beamten im Justizministerium in Rom anrufen, der für uns zuständig ist, um seine Erlaubnis einzuholen. Wenn ich eine Genehmigung habe, müssen mich zwei Polizisten der Anti-Mafia-Einheit begleiten. Damit es nicht auffällt, daß ich nur mit Geleitschutz unterwegs bin, fahre ich oft allein mit dem Auto aus der Garage zu einem geheimen Treffpunkt, und dort steige ich in den Polizeiwagen um.

Es ist deprimierend, daß ich mich nicht frei bewegen darf, daß ich nirgendwo heimisch werden darf, daß ich Tag und Nacht unter Bewachung stehe. Aber ich darf mich nicht beklagen. Meine Familie hat sich die Situation, in der wir leben, selbst zuzuschreiben. Denn die Menschen, die uns heute töten wollen, waren Freunde meines Mannes. Und er hat sie verraten.

Mein Mann war ein Pate der Mafia. Er hat selbst getötet.

Ich weiß bis heute nicht genau, wie viele Menschen er eigenhändig umgebracht hat, wie viele Morde er befohlen hat. Er sagt, auf das Konto seiner Mafia-Familie gingen 500 Tote. Auch meine Söhne, die doch so liebe Kinder waren, haben sich schon mit Blut befleckt, bevor sie erwachsen wurden. Ihre Verbrechen sind grauenhaft. Eigentlich müßten sie lebenslänglich hinter Gittern sitzen.

Heute frage ich mich immer wieder, wie es dazu kommen konnte, daß mein Mann und meine Söhne zu Mördern wurden, obwohl ich doch alles dafür getan habe, daß wir eine ganz normale glückliche Familie werden. Meine Söhne sagen dazu immer das gleiche: »Mama, damals herrschte Krieg auf Sizilien. Wenn wir nicht getötet hätten, wären wir selbst getötet worden.«

Als dieser Mafiakrieg seinen Höhepunkt erreicht hatte, hat meine Familie die Fronten gewechselt. Mein Mann und meine Söhne stellten sich dem Staatsanwalt als *Pentiti* zur Verfügung.

Sie sagen als Belastungszeugen der Staatsanwaltschaft in Hunderten von Gerichtsprozessen aus. Sie haben mehrere Dutzend ehemaliger Verbündeter hinter Gitter gebracht und werden durch ihre Aussagen auch in Zukunft dafür sorgen, daß weitere Mafiosi verurteilt werden.

Die Prozesse werden noch Jahre dauern. Heute bin ich noch nicht einmal 50 Jahre alt. Wenn wir die kommenden Jahre überleben, weil die Polizei uns gut schützt, und wenn die italienische Justiz uns irgendwann aus dem Kronzeugenschutzprogramm entläßt, dann werden mein Mann und ich alt und grau sein. Aber meine Kinder sind jung, und meine Enkel haben ihr ganzes Leben noch vor sich. Mein Mann Gaetano sagt immer, sie sollen anständige, ehrliche Leute werden, die nicht wissen, was die Mafia bedeutet.

Wir hoffen, daß wir eines Tages irgendwo in Deutschland ein ganz neues Leben beginnen dürfen. Denn alle meine Kinder sind deutsche Staatsbürger.

Ich habe mich immer wieder gefragt, wie es dazu kommen konnte, daß ich die Frau eines Paten wurde. Weil ich mit niemandem über meine Vergangenheit sprechen darf und doch sehr viel Zeit habe zum Grübeln, deshalb habe ich mich hingesetzt und meine Geschichte aufgeschrieben. Gaetano hat an den vielen Abenden, an denen ich meine Erinnerungen niederschrieb, immer zu mir gesagt, ich solle doch damit aufhören. Denn ich habe die ganze Zeit weinen müssen. Und er sagt immer, ich solle einfach alles vergessen. Aber das kann ich nicht. Ich weiß jetzt, warum man sagt, daß man sich »sein Leid von der Seele schreibt«.

Kindheit ohne Eltern

Seit ich mich erinnern kann, habe ich bei meiner Oma gelebt. Sie hat mir nie von meinem Vater und meiner Mutter erzählt und mir auch die Umstände verschwiegen, unter denen ich zur Welt gekommen bin. Sicherlich wollte meine Großmutter mich beschützen, indem sie mir nichts von meinen Eltern erzählte. Sie wollte mich nicht mit ihrem Leid belasten. Sie hoffte, daß ihre Liebe mir die Eltern ersetzen würde. Vielleicht hoffte sie sogar, daß sie mit ihrer Liebe meine Fragen im Keim ersticken könnte. Jedenfalls bin ich bei meiner Oma sorglos aufgewachsen. Ich war ein heiteres Kind.

Außer meiner Oma gab es noch zwei Menschen, die mich sehr liebhatten: meine Tante Hedi und Onkel Kurt. Sie hatten selbst keine Kinder und wohnten gleich nebenan. Deshalb haben sie mich immer sehr verwöhnt. Ich erinnere mich zum Beispiel, daß Onkel Kurt sich immer als Weihnachtsmann verkleidete und mir eine Menge Geschenke brachte.

Erst als ich zur Schule kam, wurde ich traurig, weil alle meine Schulkameraden am Ausgang von ihren Eltern abgeholt wurden. Das hätte mir auch so sehr gefallen. Deshalb fragte ich meine Großmutter: Wo ist meine Mama? Warum holt mich nach der Schule nicht mein Papa ab?

Meine Oma wunderte sich nicht allzusehr über meine Fragen. Sie hatte sich seit langer Zeit auf eine Antwort vorbereitet. Ohne zu zögern, sagte sie mir, daß meine Mama sehr weit weg wäre, in England leben müsse, aber mich bald besuchen käme. Mein Vater sei im Krieg gefallen.

Natürlich habe ich ihr geglaubt. Mit Tränen in den Augen umarmte ich meine Großmutter, und auch sie war sehr gerührt.

Meine Mutter sollte ich bald darauf tatsächlich kennenlernen. Sie kam nach Lüneburg, um ihre Familienangehörigen zu besuchen. Offensichtlich zählte sie mich, ihre älteste Tochter, nicht dazu. Sie reiste mit ihren anderen Kindern, mit meinen Halbschwestern Janet, Mary und Sandra und mit meinem Halbbruder Michael, aus England an. Aber sie wohnte nicht in unserem Haus. Nur ein einziges Mal ist sie ganz kurz zu uns gekommen. Oma hatte mir mein schönstes Kleid angezogen, und ich war furchtbar aufgeregt, weil ich jetzt meine Mama in die Arme schließen würde. Aber dann war ich doch zu schüchtern dazu. Sie zeigte mir gegenüber nicht das geringste Gefühl. Als sie aufbrechen wollte, begann ich zu weinen, weil ich mit meiner Mutter mitgehen wollte.

Meine Oma sagte mir, daß meine Mutter mich nicht mit nach England nehmen könne, weil sie nicht genug Geld hätte, um eine Bahnfahrkarte für mich zu kaufen. Also sparte ich die zehn Pfennig, die ich jeden Tag von meiner Oma bekam, um mir Bonbons zu kaufen. Ich kaufte mir nie wieder Süßigkeiten, sondern träumte davon, mir mit dem Ersparten eine Fahrkarte kaufen und zu meiner Mama nach England reisen zu können. Natürlich reichte das Geld nie.

Als ich meine Mutter viel später wiedersah, waren wir einander völlig fremd. Auch sie hat mir nie die Wahrheit über meinen Vater gesagt.

In der Schule paßte ich aber sehr gut auf, als der Erste und Zweite Weltkrieg durchgenommen wurden. Ich wollte mehr über meinen Vater erfahren. Und begann schnell zu zweifeln. Ich fragte mich, wie mein Vater im Krieg gestorben sein konnte, wenn der Krieg doch 1945 zu Ende war und ich erst 1949 geboren wurde? Ich weiß noch, daß ich meine Oma richtig zur Rede stellte. Ich verlangte eine Erklärung. Ich erwartete dieses Mal die Wahrheit von ihr und eine Entschuldigung für ihre Lüge. Aber sie wich mir aus und wechselte immer wieder das Thema. Auch mein Opa sagte mir nichts. Vielleicht glaubten sie, daß ich noch nicht alt genug dafür war, die Wahrheit zu erfahren.

Meine Großmutter litt sehr unter der Situation. Das habe ich gefühlt, und deshalb fragte ich sie nicht mehr, aber ich dachte immer, daß sie mich eines Tages zu sich rufen würde, um dann zu sagen: »Edith, komm her, du sollst jetzt alles erfahren.« Aber dieser Tag kam nie.

Ich habe lange versucht, den Gedanken an meinen Vater und die Frage, warum meine Mutter mich nicht bei sich haben wollte, beiseite zu schieben. Aber es gelang mir nicht. Als ich schon ein Teenager war, ergriff ich endlich die Gelegenheit, mit meiner Tante Elsa, der Schwester meiner Mutter, darüber zu sprechen, die auch mehrere Jahre in England gelebt hatte. Sie war immer sehr nett zu mir gewesen, hatte mir Kleider und Spielzeug gekauft. Sie war es dann, die mir endlich die Wahrheit erzählte.

Sie wußte, daß mein Vater ein Engländer ist, der nach dem Krieg als Soldat in Lüneburg stationiert war. Dort hatte er meine Mutter kennengelernt und sich mit ihr verlobt.

Nach wenigen Monaten war meine Mutter schwanger. Als mein Vater davon erfuhr, sagte er, daß er sich freue, aber an einem Sondereinsatz in Griechenland teilnehmen müsse. Mit Sicherheit dachte meine Mutter, daß sie früher oder später nach Griechenland nachreisen werde. Aber Peter, der Kamerad meines Vaters, wußte damals schon, daß mein Vater selbst um die Versetzung gebeten hatte, um sich einfach aus dem Staub zu machen.

Mein Vater hatte seinen Landsmann Peter gebeten, sich um meine Mutter zu kümmern. Ihr hatte er nichts gesagt. Er hat sie einfach mit ihrem dicken Bauch sitzenlassen.

Noch bevor ich auf die Welt kam, sagte Peter meiner Mutter die Wahrheit und tröstete sie wohl auch. Nach meiner Geburt blieb meine Mutter bei ihm, und die beiden heirateten. Danach nahmen sie mich sogar noch mit nach England. Aber ich muß Peter wohl zu sehr daran erinnert haben, daß er nur die zweite Wahl meiner Mutter gewesen war. Er wollte mich, den Bastard, nicht aufziehen. Und meine Mutter hat sich nicht dagegen gewehrt, mich abzuschieben. Das verstehe ich bis heute nicht. Ich habe vier Kinder, und ich könnte niemals eines dieser Kinder aufgeben, ganz gleich, was geschieht.

Jedenfalls haben meine Eltern beschlossen, mich in ein Heim zu stecken, als ich noch ein Kleinkind war. Nur dank meiner

Großmutter ist mir dieses Schicksal erspart geblieben. Sie hat mich zurück nach Lüneburg geholt. Und sie gab mir all die Liebe, die ein kleines Mädchen braucht. Mit Hilfe des Sozialamtes gelang es meiner Großmutter, mich zu adoptieren. Ab meinem achten Lebensjahr bekam sie sogar eine monatliche finanzielle Unterstützung vom Amt, um mich großzuziehen. So lebte ich ein ganz normales Leben in Lüneburg, abgesehen davon, daß ich bei meinen alten Großeltern aufwuchs und nicht so junge moderne Eltern hatte wie meine Schulkameraden.

Bis zu ihrem Tod habe ich nie mit meiner Oma über meine wahre Herkunft sprechen können. Aber das nehme ich ihr nicht übel. Auch wenn inzwischen Jahrzehnte vergangen sind, trage ich doch die Liebe zu meiner Großmutter noch immer tief im Herzen. So oft habe ich mich, als ich später auf Sizilien lebte, nach ihrem Rat und ihrer Güte gesehnt.

Erste Liebe

Ich beendete die Hauptschule und begann mit 14 Jahren eine Lehre als Verkäuferin. Bis zu diesem Zeitpunkt war ich immer ein braves Mädchen gewesen. Ich hatte meiner Großmutter nie Sorgen bereitet. Ich ging jeden Tag in einem Supermarkt arbeiten, und wenn ich Feierabend hatte, nahm ich den Bus und fuhr nach Hause. Ich kam immer pünktlich. Einmal in der Woche ging ich auf die Berufsschule. Aber ich hatte nicht viel Kontakt mit meinen Mitschülerinnen. Ich war ein schüchternes Mädchen. Und aufgrund meiner Geschichte fühlte ich mich irgendwie immer ein wenig ausgeschlossen. Die Abende verbrachte ich mit meiner Oma.

An einem Tag im November saß ich, inzwischen 15 Jahre alt, hinter meiner Supermarktkasse, als ein hübscher Junge in meinem Alter mit seiner Mutter zum Einkaufen kam. Er hatte wunderschöne strahlend blaue Augen. Als er vor mir stand, sagte er zu mir: »Gib mir einen Kuß.«

Ich errötete. Er hatte mich mit seiner Dreistigkeit so überrumpelt, daß ich antwortete: »Jetzt nicht. Vielleicht später.«

So lernte ich Gaetano kennen.

Ich war zum ersten Mal in meinem Leben verliebt. Gaetano lenkte mich ab. Ich vergaß meine traurige Vergangenheit. Ich dachte, daß jetzt alle meine Probleme gelöst wären. Aber meine Oma teilte meine Wahl überhaupt nicht. Sie wollte nicht, daß wir uns treffen. Sie fand, ich wäre mit meinen 15 Jahren zu jung, um einen Freund zu haben. Aber vor allem hatte sie etwas gegen Gaetano, weil er der Sohn sizilianischer Gastarbeiter war. Italiener hatten damals im kleinen Lüneburg noch einen schlechten Ruf. Ich weiß nicht, warum. Wahrscheinlich einfach so, weil sie Ausländer waren. Das Wort Mafia kannte ich gar nicht. Ich glaube auch nicht, daß meine Oma es kannte.

Sie verbot mir, mich mit Gaetano zu treffen, den ich übrigens genau wie seine Mutter Tanino nannte. Das ist der sizilianische Kosename für Gaetano. Ich hielt mich natürlich nicht an das Verbot meiner Oma und begann ihr allerlei Lügen zu erzählen, um meinen Freund trotz ihres Verbotes sehen zu können. An einem Tag kam meine Oma, die natürlich Verdacht geschöpft hatte, zusammen mit meiner Tante ins Geschäft, um mich nach Feierabend am Ausgang abzufangen. Ich hatte sie rechtzeitig bemerkt und wollte durch den Hinterausgang schlüpfen, aber dort wartete Onkel Kurt auf mich. Alle drei wollten unter allen Umständen verhindern, daß ich mich mit Gaetano treffe, mit dem ich verabredet war. Ich wurde trotzig. Ich wehrte mich. Ich bestand darauf, daß man eine Verabredung einhalten muß.

Also gingen wir alle zusammen in die Pizzeria *Bella Napoli*, wo Gaetano auf mich wartete. Mein Onkel sagte ihm, er solle die Finger von mir lassen. Aber ich flüsterte ihm heimlich zu:

»Warte an der übernächsten Bushaltestelle auf mich!« Dann stieg ich mit meinen Verwandten in den Bus und schlüpfte an der verabredeten Stelle einfach heraus. Gaetano wartete schon auf mich. Wir gingen zurück ins *Bella Napoli*, aber dort fanden mich meine Verwandten natürlich kurze Zeit später, und ich mußte endgültig mit ihnen nach Hause gehen. Als wir daheim angekommen waren, machten sie mir natürlich Vorwürfe. Ich antwortete ziemlich frech, und da gab mir meine Oma zum ersten Mal in meinem Leben eine Ohrfeige. Damit hatte ich nicht gerechnet.

Tief verletzt ging ich ins Bett, nahm mir aber fest vor, trotzdem am nächsten Tag Gaetano zu treffen – mit oder ohne Omas Einwilligung.

Ich veränderte mich. Ich redete nicht mehr wie früher über alles mit meiner Oma. Unsere Beziehung hatte einen richtigen Knacks bekommen. Statt dessen tat ich alles, was Gaetano mir sagte. So verliebt war ich in ihn.

Bevor ich ihn kennengelernt hatte, hatte ich mein Lehrgeld immer meiner Oma gegeben. Sie kaufte mir davon Geschenke, sie behielt keinen Pfennig für sich. Gaetano hingegen überredete mich, mein Geld nicht mehr zu Hause abzugeben. Wir hauten mein ganzes Lehrgeld für unsere Vergnügungen auf den Kopf, weil Gaetano nicht gerade im Geld schwamm. Seine Mutter hielt ihn ziemlich kurz.

Meine Oma war schrecklich enttäuscht von mir. Ich war noch so jung, und ich hatte ihr zuvor niemals Widerstand geleistet. Um mich zu bestrafen, schloß sie die Lebensmittel ein. Wenn ich abends nach Hause kam, fand ich nur Brot und Margarine vor. Sie wollte mich zum Nachdenken bringen, aber ich begriff nichts. Ich ging mit Gaetano an der Imbißbude essen und tat weiterhin, was mir gefiel. Arme Omi. Sie muß irgendwie von Anfang an gespürt haben, daß ich mit Gaetano in mein Unglück renne. Aber ich war so verliebt.

Am 12. Februar 1965 beschlossen wir, uns offiziell zu verloben. Gaetano kaufte die Ringe, und wir gingen zu ihm nach

Hause zum Essen. Alle seine Verwandten waren gekommen, und natürlich wurde auch meine Familie erwartet. Wir logen einfach und sagten, meine Verwandten wären krank. In Wahrheit hatte ich meiner Familie gar nichts von der Verlobung gesagt. Ich war noch viel zu sauer auf alle.

Danach haben wir eine Verlobungsanzeige aufgesetzt. Ich sagte meiner Oma morgens, sie solle sich die Zeitung kaufen, und als ich abends nach Hause kam, machte sie mir mit dem Lokalblatt unter dem Arm die Tür auf und hatte Tränen in den Augen. Sie nahm mich in den Arm. Für sie war das Ganze ein harter Schlag. Meine arme Oma hatte meine Bosheit wirklich nicht verdient.

Nach und nach kam die Sache mit meiner Familie aber doch in Ordnung. Gaetano war ihnen gegenüber immer sehr höflich und wohlerzogen, und mit seinem Charme wickelte er meine Verwandten schließlich um den Finger. Ich ging nach wie vor jeden Tag arbeiten, aber er war nur gelegentlich beschäftigt.

Ich war noch nicht einmal 16 Jahre alt. Teenager in meinem Alter durften sich höchstens bis 22 Uhr in öffentlichen Lokalen aufhalten. Also brachte mich Gaetano immer um kurz vor zehn nach Hause. Aber er kehrte dann in die Disko zurück, obwohl auch er noch keine 16 Jahre alt war. Er setzte sich mit seiner Frechheit einfach über das Verbot hinweg und amüsierte sich mit seinen Freunden und wohl auch mit anderen Mädchen.

Mir hat er natürlich gesagt, er würde immer brav nach Hause gehen, nachdem er mich abgesetzt hatte, aber ich wußte, daß er log. Denn morgens schlief er immer furchtbar lange und hielt seine Verabredungen nicht ein.

Junge Mutter

Im Sommer 1966 blieb meine Regel aus. Ich ahnte, daß ich schwanger war, aber ich habe die Schwangerschaft verheimlicht. Ich war doch erst 16 Jahre alt. Auch als meine Oma schon meinen Zustand bemerkt hatte, leugnete ich noch immer. Nur Gaetano wußte, daß wir Eltern werden würden. Er sagte meiner Oma schließlich die Wahrheit. Im Frühjahr 1967 wurde meine Tochter Tiziana geboren. Wir waren noch nicht alt genug, um zu heiraten, aber meine Oma fand sich jetzt damit ab. Sie liebte Kinder, und so bot sie mir an, sich um Tiziana zu kümmern. Und jedesmal wenn ich danach wieder schwanger wurde, sorgte sie für die Babyausstattung: Sie strickte und nähte für mich. Ein Jahr nach Tiziana, am 26. März 1968, wurde mein Sohn Marco geboren, und endlich kamen auch die Papiere, auf die wir lange gewartet hatten. So heirateten wir am 26. April 1968 in der Johanneskirche in Lüneburg. Ich trug ein weißes Brautkleid und war überglücklich.

Weil wir keine Wohnung fanden, kamen wir zunächst in einem Zimmer bei meiner Schwiegermutter unter. Sie war eigentlich ganz nett. Damals habe ich nicht so darüber nachgedacht, aber heute gehe ich davon aus, daß sie wahrscheinlich nicht glücklich darüber war, daß ihr Sohn schon so früh eine eigene Familie gründete. Ich habe meine Schwiegermutter nicht viel gesehen. Sie arbeitete, genau wie mein Schwiegervater, in der Fabrik. Die Familie von Gaetano hat immer hart gearbeitet. Sie waren ja nicht nach Deutschland gekommen, um es schön zu haben, sondern weil es in Gela auf Sizilien, wo sie herstammten, einfach keine Arbeit gab. Sie haben alles gespart, um sich später in ihrer Heimat etwas aufbauen zu können.

Ich war damals so naiv und habe mir überhaupt keine Vorstellung davon gemacht, wie es eigentlich da aussah, wo Gaetano herkam. Ich wußte nicht mal genau, wo Gela eigentlich liegt. Ich habe erst in einem Atlas nachgeguckt, als Gaetano einen Einberufungsbefehl bekam. Er sollte seinen Militärdienst in Italien ableisten. Ich hatte furchtbare Angst, daß er mich und die Kinder allein lassen würde, wie es mein Vater getan hatte. Aber glücklicherweise fand Gaetano eine Arbeitsstelle und konnte das dem Konsulat beweisen, so daß er vom Wehrdienst freigestellt wurde.

Gaetano war Diskjockey in einem Nachtclub, und ich war immer allein. Denn er ging um 20 Uhr aus dem Haus und kam unter der Woche um drei Uhr morgens, am Wochenende um fünf Uhr morgens nach Hause. Tagsüber schlief er oder ging mit seinen italienischen Freunden aus.

Manchmal, ganz selten, ging er mit mir und den Kindern spazieren. Er hat sich immer gewundert, daß so wenig Menschen auf der Straße waren. Er hat mir erzählt, daß in Süditalien vor dem Abendessen immer alle auf der Straße spazierengehen. Ansonsten haben wir nicht viel gemeinsam unternommen. Gaetano predigte immer, daß die Frauen zu Hause zu bleiben hätten, um sich nur um die Kinder zu kümmern. Er war auch sehr eifersüchtig, auch wenn ich ihm nicht den geringsten Grund dazu gab. Er fand es wohl gut, eine hübsche blonde Frau zu haben, aber wenn ich mal mit einem anderen Mann redete, wurde er immer gleich ganz nervös.

Als meine Cousine ihre Hochzeit in England ankündigte und meine Oma mich fragte, ob ich mit ihr zu dieser Hochzeit fahren wollte, fürchtete ich zunächst, Gaetano würde mir diese Reise aus Eifersucht verbieten. Aber weil es sich um ein Familienfest handelte, ließ er mich fahren. Ich kaufte eine Eisenbahnfahrkarte, und zusammen mit meinen Kindern Marco und Tiziana reisten wir nach England zu unseren Verwandten.

Als ich nach so vielen Jahren endlich meine Mutter wiedersah, nahm ich sie in den Arm, aber sie sagte nur ganz kühl zu mir: »Das hättest du der Oma nicht antun dürfen, einen Italiener zu heiraten.« Ich war furchtbar gekränkt, aber ich versuchte, es mir nicht anmerken zu lassen. Außerdem dachte ich, daß ich niemandem gegenüber eine Erklärung schuldig war, schon gar nicht ihr, die mir nie beigestanden hatte.

Wir blieben eine ganze Woche in England, aber meine Familie kümmerte sich überhaupt nicht um mich. Mein Stiefvater arbeitete nachts und schlief tagsüber, auch meine Mutter hatte sich nicht für mich freigenommen, sondern arbeitete tagsüber, und ich sah sie nur zum Essen. Meine Halbschwestern waren den ganzen Tag in der Schule. Es war alles eine große Enttäuschung.

Bevor wir abgereist waren, war ich so aufgeregt gewesen, so glücklich, weil ich meine Mutter wiedersehen konnte. Nach dem Besuch beschloß ich, nie wieder nach England zu fahren.

Kaum war ich zurück in Deutschland, entdeckte ich, daß ich schon wieder ein Kind erwartete. Ich war entsetzt. Ich war gerade 19 Jahre alt, und es war klar, daß ich schon jetzt das Leben einer erwachsenen Frau führte. Ein drittes Kind konnte ich wirklich nicht gebrauchen. Ich schaffte es ja nicht einmal, meine beiden Kleinen alleine aufzuziehen. Tiziana war praktisch immer bei meiner Oma. Aber ich würde sie doch nicht darum bitten können, sich auch noch um das dritte Baby zu kümmern, damit ich endlich mal ein bißchen ausgehen konnte. Oma konnte das einfach nicht mehr schaffen, auch wenn sie Kinder liebte. Sie war damals schon 72 Jahre alt.

Ich suchte einen Ausweg. Aber eine Abtreibung wäre für mich einfach undenkbar gewesen. Da ich also doch nichts dagegen tun konnte, fand ich mich mit meiner Schwangerschaft ab. Immerhin fanden wir endlich eine Wohnung: Wir zogen in die Straße Am Berge 8. Dort wurde 1969 unser Sohn Franco geboren.

Aber die Wohnung war zu klein für fünf. Und ich wollte unbedingt, daß auch Tiziana bei uns lebte und das Haus meiner Oma verließ, um gemeinsam mit ihren Geschwistern aufzuwachsen. Nach Monaten fanden wir tatsächlich eine Wohnung, in die wir mit allen drei Kindern einziehen konnten. Das war sehr schwierig gewesen, denn Vermieter nahmen damals lieber Leute, die einen Hund oder eine Katze hatten, als junge

Familien mit Kindern. Mein Mann mußte in dieser Zeit seinen Arbeitsplatz wechseln, weil die Disko, in der er noch immer als DJ beschäftigt war, das *Bulalla*, von Randalierern zerstört worden war. Nach einigen Monaten, in denen er Arbeitslosenhilfe bekommen hatte, fand er in einem neuen Lokal einen Job, dem *Today*. Ich war dagegen, daß er in Nachtclubs arbeitete. Nicht nur, weil ich auf diese Weise ja gar nichts von ihm hatte, sondern auch aus einem anderen Grund. Gaetano war temperamentvoll und stolz. Ich kannte ihn ja. Er wurde immer wild, wenn ihn jemand beleidigte. Und als Italiener wurde er oft angepöbelt. Ich wußte also, daß er in den Nachtclubs leicht in Streits geraten würde, denen dann Handgreiflichkeiten folgten. In Schlägereien verwickelt zu werden war für Gaetano nicht ungewöhnlich.

Außerdem war ich sehr eifersüchtig. Ich hätte ja wenigstens mal in dem Lokal vorbeischauen können, um mir den Arbeitsplatz meines Mannes anzusehen. Doch das verbot mir Gaetano kategorisch. Ich durfte dort auf keinen Fall auftauchen. Also verdächtigte ich ihn, daß er sich in den Lokalen mit Frauen treffen würde. Ich war verzweifelt. Die Eifersucht zwang mich, immer wieder mit ihm Streit anzufangen. Mit allen Mitteln versuchte ich ihn dazu zu bewegen, ein bißchen häufiger zu Hause bei mir und den Kindern zu bleiben. Aber Gaetano änderte sich nicht.

Einmal sah ich ihn sogar in einem Auto mit einer anderen Frau. Ich rief seinen Namen, aber er tat so, als sähe er mich nicht. Ich war furchtbar sauer und konnte es kaum erwarten, daß er nach Hause kam und mir eine Erklärung abgab. Als er endlich da war, stritt er natürlich alles ab. Er behauptete, daß die Dame in dem Wagen nur eine Arbeitskollegin gewesen sei. Als ich das hörte, wurde ich noch ärgerlicher. Also bohrte ich weiter, wollte wissen, was da gespielt wurde. Ich gab nicht nach. Da schlug mich Gaetano zum ersten Mal.

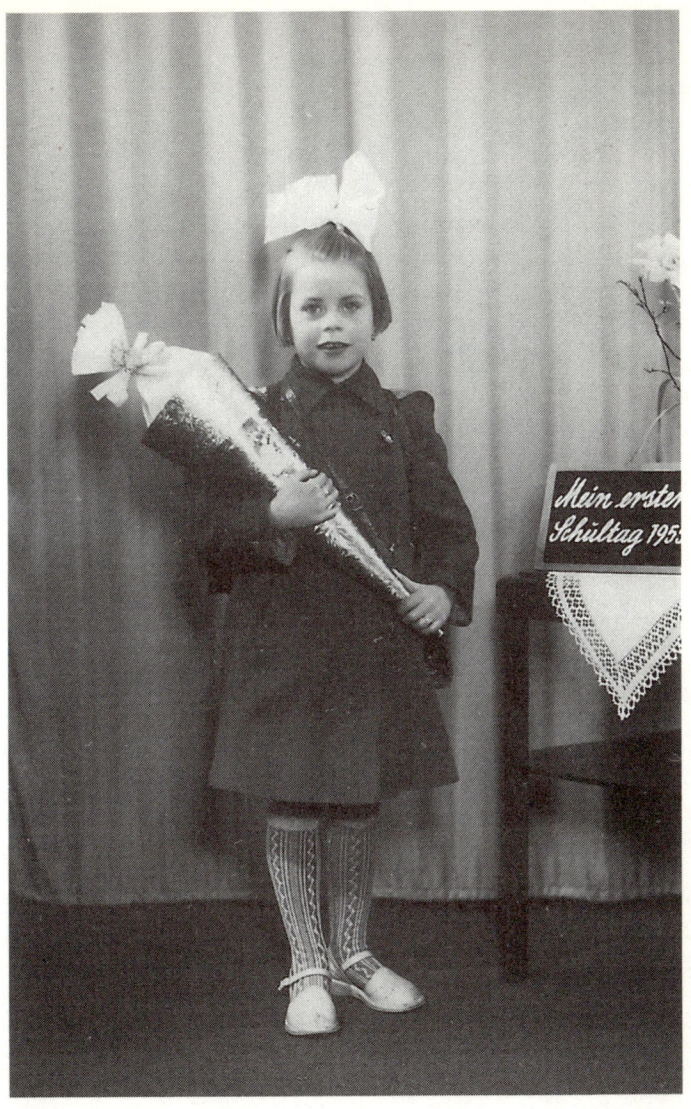

Hübsch und strahlend: Edith Kliez im April 1955.

Ediths Mutter Maria.

Heiligabend 1958 bei den Großeltern mit Onkel Kurt als
Weihnachtsmann.

Ediths geliebte Oma, die 1976 im Alter von 80 Jahren verstarb.

Als Vierzehnjährige bei der Konfirmation.

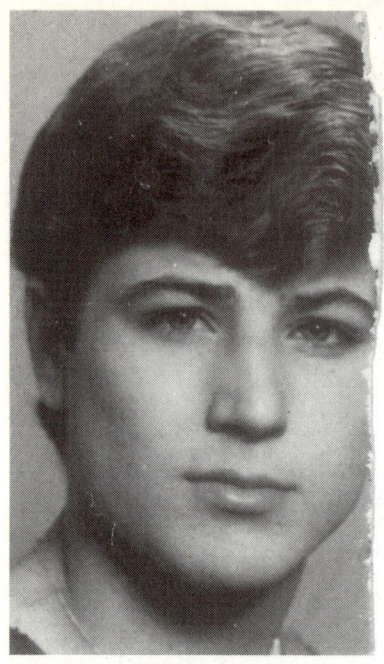

Gaetano Ianni als Edith Kliez ihn kennenlernte. Dieses Bild
befindet sich seitdem ständig in ihrem Portemonnaie.

Wir haben uns verlobt

Edith Kliez

Tanino Janni

Lüneburg, den 12. Februar 1966

Das junge Paar zeigt in der *Landeszeitung* seine Verlobung an.

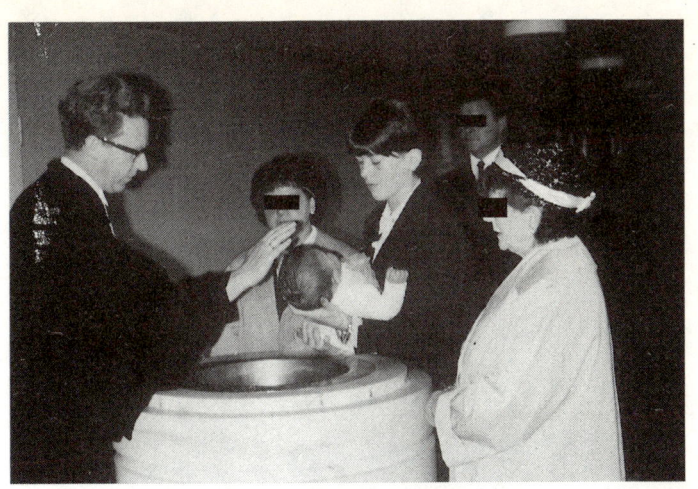

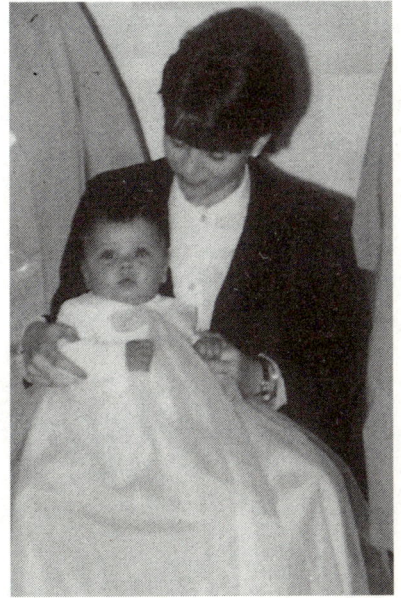

Bilder aus dem Familienalbum von Tizianas Taufe.

Zu Besuch bei Tante Hedwig.

Im Familien- und Freundeskreis von Tante Hedwig.

Edith mit ihrer Tochter Tiziana im Kinderwagen.

Bittere Ehejahre

Anfangs hatten wir uns nur selten vor den Kindern gestritten. Aber jetzt wurden unsere Auseinandersetzungen immer häufiger und immer gewalttätiger. Die Kleinen bekamen alles mit. Ich betete zum Herrn, daß Gaetano sich ändern würde. Aber ich habe nicht einmal im Traum daran gedacht, ihn zu verlassen.

Ich konnte doch meinen Kindern nicht den Vater wegnehmen. Ich wußte schließlich, was es bedeutet, ohne eine richtige Familie aufzuwachsen. Um meinen Kindern so ein Schicksal zu ersparen, nahm ich ständig Demütigungen auf mich. Manchmal schlossen wir Frieden, der aber immer nur ein Waffenstillstand war. Denn ausgesprochen haben wir uns nie. Nach kurzer Ruhe fing alles immer wieder von vorne an.

Gaetano kann einfach nicht um Verzeihung bitten. Er ist immer so kühl, und Gefühle zeigt er keine. Ich bin jetzt seit 30 Jahren mit ihm verheiratet, aber ich habe meinen Mann nicht ein einziges Mal weinen sehen. Trotz allem, was geschehen ist. Das finde ich irgendwie traurig. Ich bin der Meinung, daß Männer sich nichts dabei vergeben, wenn sie auch mal Tränen vergießen.

Für mich war es schon damals, als würde ich versuchen, in einem zugigen Zimmer ein Kartenhaus zu bauen. Die Hälfte der Zeit versuchst du, das Kartenhaus aufzustellen, die andere Hälfte, es vor dem Einsturz zu retten. Und jedesmal wenn du glaubst, jetzt hast du es geschafft, fegt ein Windstoß herein, und die Karten wirbeln durch das Zimmer.

Meine Familie wußte, daß Gaetano mich ständig betrog, aber anfangs wagte niemand, mir davon zu berichten, denn meine Verwandten wollten mich nicht verletzen. Eines Tages, als ich gerade bei meiner Oma war, entschloß sich meine Tante Elsa, doch mit mir zu sprechen. Sie fragte mich, ob ich denn nichts unternehmen könnte, um zu verhindern, daß Gaetano mit anderen Frauen ausging. Ich tat so, als wüßte ich nicht, wovon sie sprach, aber im tiefsten Innern war ich schwer verwundet. Es war nicht das erste Mal, daß mir jemand von seinen Affären erzählte.

Meine Tante wußte zu berichten, daß Gaetano sich mit einer Kellnerin traf, die bei Karstadt arbeitete. Diese Frau hatte meiner Tante selbst erklärt, wie wahnsinnig verliebt sie in meinen Mann sei.

Meine Oma litt, als sie diese Geschichte hörte. Sie hatte sich das Beste für mich erhofft und war enttäuscht wie eine Mutter. Natürlich litt ich noch viel mehr als sie. Ich fühlte mich zutiefst gedemütigt, weil mein Mann mir offenbar bei jeder Gelegenheit eine andere Frau vorzog. Meine Oma fragte mich, warum ich das ertrug. Für sie, wie für fast alle Frauen, die ich kannte, wäre es unvorstellbar gewesen, mit einem solchen Mann zusammenzuleben. Ich weinte. Ich versprach, daß Gaetano sich ändern werde.

Und meine Oma, als sie mich so sah, sagte mit gebrochener Stimme: »Edith, du wirst niemals glücklich werden.«

Ich antwortete ihr nicht.

Der Herbst 1972 hatte begonnen, die kalten Monate standen kurz bevor. Ich ging zum Haus meiner Großeltern, um sie zu besuchen. Meine Oma saß wie immer am Fenster, mit einer Zigarette in der Hand, der Kaffee stand dampfend auf dem Tisch. Ich setzte mich zu ihr, während die Kinder im Wohnzimmer spielten. Sie war besorgt um meinen Opa. Er schien ihr immerzu kraftlos und schlapp zu sein. Ich empfahl ihr, mit ihm zum Arzt zu gehen. Als ich dann aufbrechen wollte, kam mein Opa herein. Er sah wirklich sehr mitgenommen aus. Obwohl er nur drei Stufen hochgestiegen war, schien er vollkommen erschöpft zu sein. Auf meine Frage, was er habe, sagte er, er fühle sich müde und wolle die Herztropfen nehmen, die der Arzt meiner Oma verschrieben hatte. Davon riet ich ihm ab und sagte ihm, er solle zum Arzt gehen, um sich untersuchen zu lassen. Er war einverstanden. Als ich am nächsten Tag wieder zu meiner Oma kam, waren alle Gardinen zugezogen. Ich wußte deshalb sofort, daß etwas passiert war. Meine Oma in Schwarz. Ganz leise sagte sie: »Der Opa ist tot.« Wir haben uns hingesetzt und beide geweint.

Bekanntschaft mit Sizilien

Im Sommer 1973 beschloß Gaetano, nach Italien zu ziehen. In Lüneburg bekam er sein Leben einfach nicht in den Griff. Mein Mann hat nie eine Beschäftigung gefunden, mit der er seine Familie anständig durchbringen konnte.

Ich reagierte mit gemischten Gefühlen auf seine Entscheidung. Auf der einen Seite gefiel mir ja Lüneburg, und es tat mir unendlich leid, meine Oma allein zu lassen. Auf der anderen Seite sah ich in dem Umzug eine Chance.

Meine italienische Schwägerin hatte meinem Mann einen Posten als Fahrer für ihr Möbelgeschäft in Gela versprochen. Meine Hoffnung war, daß all meine Probleme sich dadurch endlich lösen würden. Ich träumte davon, daß Gaetano tagsüber arbeiten und abends für seine Familie da sein würde. Die anderen Frauengeschichten hätten sich von selbst erledigt, und mein Tanino würde sich nur noch einzig und allein um mich kümmern. Ich sah mein Leben schon in geordneten Bahnen vor mir und stellte mir vor, daß meine Kinder künftig fröhlich aufwachsen würden, ohne unsere ständigen Streitereien.

Als wir in Gela ankamen, ging zunächst alles gut. Ich war davon überzeugt, den richtigen Schritt getan zu haben. Gaetano hatte endlich einen festen Arbeitsplatz. Abends gingen wir mit seiner Schwester und ihrem Ehemann aus. Alle hatten uns mit offenen Armen und sehr freundlich aufgenommen.

Aber ich bekam trotzdem großes Heimweh, denn ich konnte mich ja mit kaum jemandem unterhalten, denn dazu war mein

Italienisch zu schlecht. Ich fühlte mich wie ein Fisch auf dem Trockenen, und vor allem fehlte mir meine Oma. Nach ein paar Monaten wollte ich nur noch eines: zurück nach Hause. Gaetano war dagegen. Aber nachdem ich Woche für Woche unglücklicher wurde, gab er schließlich nach. So kehrten wir im Sommer 1974 alle zusammen zurück nach Lüneburg.

Eine Woche lang blieben wir bei Gaetanos Bruder. Dann bot ein alter Freund meines Mannes uns eine Wohnung an, aus der er gerade auszog, im Papenburger Weg 25. Im Gegensatz zu unseren früheren Behausungen war diese Wohnung richtig hübsch. Sie war zwar klein, aber sehr praktisch und gemütlich. Es gab eine Küche, ein kleines Wohnzimmer, in dem wir auch aßen, ein Schlafzimmer und ein helles Kinderzimmer.

Rückkehr und Trauer

Tiziana und Marco gingen schon zur Schule, die ganz in der Nähe lag. Tiziana besuchte die zweite Klasse, Marco die erste. Er hatte zu Beginn etwas Schwierigkeiten, denn der Unterricht hatte bereits einen Monat zuvor angefangen, ehe wir in Lüneburg ankamen. Mein Mann fand Arbeit als Fahrer für eine Spedition. Ich war glücklich. Ich hatte drei süße Kinder, mein Mann führte ein anständiges Leben, alles würde gut werden. Aber zunächst einmal wurde ich wieder schwanger. Dieses Mal freute ich mich aufrichtig. Am 14. November 1975 wurde das jüngste meiner Kinder geboren: Es war ein süßer Junge. Wir ließen ihn auf den Namen Simon taufen.

Doch dann erlitt meine Oma einen Hirnschlag. Ich raste ins Krankenhaus, und als ich sie da am Tropf liegen sah, wußte ich sofort, daß ich sie bald verlieren würde. Ich setzte mich an ihr Bett und streichelte ihr die Wange. Sie konnte nicht sprechen, aber sie versuchte, mich anzulächeln, obwohl ihr die Tränen in den Augen standen. Ich weinte. Ich flehte die Ärzte an, alles nur Menschenmögliche für sie zu tun, aber sie machten mir keine Hoffnung. Ich konnte es einfach nicht glauben, daß meine Oma mich allein ließ. Das wollte ich nicht akzeptieren.

Ein paar Tage später reiste meine Mutter an. Wir trafen uns im Krankenhaus, und zum ersten Mal in meinem ganzen Leben sagte sie etwas Nettes zu mir, indem sie meine Frisur lobte. Ich schlug ihr vor, mit zu mir nach Hause zu kommen, damit meine Schwägerin ihr auch eine solche Dauerwelle machen könnte. Ich wollte einfach nett zu ihr sein, trotz allem. Bei uns daheim sah sie sich allerdings noch nicht einmal meinen Sohn Simon an, der noch ein ganz niedliches Baby war. Auch gegenüber ihren anderen Enkelkindern zeigte sie sich gleichgültig. Es war deutlich, daß sie einfach nichts mit uns zu tun haben wollte.

Da wurde mir klar, daß ich zu meiner Mutter niemals eine echte Beziehung würde aufbauen können. Ich habe sie seitdem auch nie mehr wiedergesehen. Sie fragte nie nach mir, und ich schickte nicht mal mehr eine Weihnachtskarte.

Einige Wochen nach der Abreise meiner Mutter starb meine Oma. Sie hatte zwei Monate lang schwer gelitten, sie konnte sich nicht mehr bewegen, nicht mehr sprechen, sie war depressiv geworden. Insofern war der Tod für sie eine Erlösung. Aber mir brach er das Herz. Ich fühlte mich unendlich einsam. Ich hatte meine Kinder, ich hatte meinen Mann, und seine Familie war sehr zahlreich, aber ich war trotzdem allein. Oma war der einzige Mensch gewesen, der mich wirklich geliebt hatte.

Mein Mann kam nicht zur Beerdigung. Er war nach Turin gefahren, um dort Freunde zu treffen. Das zumindest hatte er mir gesagt. In Wirklichkeit schmuggelte er Zigaretten. Aber davon erfuhr ich erst später.

Kurz darauf zogen wir wieder um, weil unser Heim am Papenburger Weg einfach zu klein für sechs geworden war. Wir fanden eine Wohnung im zweiten Stock in der Hindenburgstraße 97. Unser neues Zuhause war wunderschön, groß und in unmittelbarer Nähe zum Lüneburger Stadtzentrum. Ich hätte hier glücklich sein können.

Aber dann begann mein Mann wieder in einem Nachtclub zu arbeiten, der *New Orleans* hieß. Der Besitzer war Italiener. Daß Gaetano da anfing, war purer Zufall gewesen. Am Anfang waren wir nur manchmal an Sonnabenden als Gäste dort hingegangen, aber nach und nach entwickelte sich eine große Freundschaft zwischen Tony, dem Inhaber, und meinem Mann. Eines Tages schlug Tony ihm dann vor, für ihn zu arbeiten. Das war mein Untergang, denn nun ging alles wieder so los wie früher. Erneut war mein Mann kaum noch zu Hause, und er betrog mich wieder mit anderen Frauen. Ich litt, ich stritt, und ich vergab ihm immer wieder, um die Familie nicht zu zerstören. Nachts, wenn Gaetano Feierabend hatte und der Club schloß, zog er mit Tony und weiteren Italienern immer noch in andere Bars. Er trank, und wenn er betrunken war, stritt er mit anderen Gästen.

Ärger mit der Justiz

Eines Nachts, als ich wieder mal allein in meinem Ehebett lag, klingelte das Telefon. Ein Freund meines Mannes sagte mir, daß Gaetano untertauchen müßte, weil etwas Unangenehmes passiert sei. Frühmorgens klingelte die Polizei an meiner Tür. Die Beamten zeigten einen Hausdurchsuchungsbefehl und drangen in die Wohnung ein. Sie wollten meinen Mann verhaften.

Ich bat die Polizisten, die Kinder nicht zu wecken. Sie versprachen, sich daran zu halten, aber natürlich waren nach kurzer Zeit alle wach und noch viel verwirrter als ich. Als die Männer endlich gegangen waren, fragten mich meine Kinder logischerweise, was die gewollt hätten. Ich sagte ihnen natürlich nicht, daß die Polizei ihren Vater suchte, der etwas angestellt hatte, sondern beruhigte sie, umarmte sie und weinte. Ich war sehr besorgt.

Ich schickte die Kinder wieder ins Bett, setzte mich ins Wohnzimmer und zündete mir eine Zigarette an. Es war wohl klar, daß es diesmal um mehr ging als um eine der üblichen Schlägereien, die mein Mann schon ein dutzendmal angezettelt hatte. Ich ahnte, daß es etwas viel Schlimmeres sein mußte.

Ein paar Stunden später kam der Freund meines Mannes zu mir, um Gaetanos Paß abzuholen, damit dieser sich ins Ausland absetzen könne.

Er erzählte mir, daß Gaetano in einem Lokal gewesen war, in dem vor allem Prostituierte, Zuhälter und Kleinkriminelle verkehrten. Der Wirt hatte anscheinend die Freunde meines Mannes beschimpft, und es war zu einer Schlägerei gekommen. Plötzlich hatte irgend jemand eine Pistole gezogen, auf den Kneipier geschossen und ihn verletzt. Ich wollte wissen, ob Gaetano das gewesen war. »Natürlich nicht«, sagte sein Freund.

Ich packte für Gaetano eine Tasche mit dem Nötigsten. Er floh nach Italien, wo er einige Monate blieb. Ich konnte nur über seinen Lüneburger Anwalt mit ihm Kontakt aufnehmen. Dieser überredete meinen Mann, sich zu stellen. Gaetano kam tatsächlich zurück und ging mit seinem Verteidiger unverzüglich zu den Behörden. Er mußte nicht ins Gefängnis, sondern bekam nur die Auflage, sich täglich bei der Polizei zu melden und keine Nachtclubs mehr zu besuchen. Ich war unglaublich erleichtert.

Einen Monat lang ging alles gut. Eines Abends zog er dann aber doch wieder los, obwohl er wußte, welche Folgen das für ihn haben konnte. Ich flehte ihn zuvor an, nicht in diesen besagten Nachtclub zu gehen, weil es dort immer nur Streit mit dem Besitzer gegeben hatte. Gaetano hörte nicht auf mich. Ich fühlte, daß er etwas vorhatte, und machte mir große Sorgen. Gaetano kam spät in der Nacht zurück. Er erzählte mir nichts.

Es war kurz vor Ostern des Jahres 1978, und wir bereiteten das Fest vor. Am Gründonnerstag, als ich gerade mit den Kindern Ostereier anmalte und darauf wartete, daß Gaetano, der mit Freunden ausgegangen war, nach Hause kam, rief ein Polizist an und teilte mir mit, daß sie meinen Mann verhaftet hatten.

Ich wurde starr vor Schreck. Das hatte ich nicht erwartet, unmittelbar vor dem Osterfest. Wir hatten alles vorbereitet und wollten schöne Tage miteinander verleben, statt dessen löste sich alles in Rauch auf. Die Kinder fragten mich, warum ich weinte. Ich sagte ihnen die Wahrheit. Während ich eine Tasche für Gaetano packte, hoffte ich, daß man mir im Lüneburger Gefängnis wenigstens gestatten würde, ihn ganz kurz zu sprechen.

Ich durfte ihn nicht einmal sehen. Man nahm mir nur die Tasche ab. Immerhin erfuhr ich, daß mein Mann tatsächlich wieder in dieses Lokal gegangen war, weil er mit dem Besitzer noch eine Rechnung zu begleichen hatte. Sie hatten erneut gestritten, und der Mann zeigte ihn hinterher an. Weil Gaetano nur auf Bewährung frei war und gegen die Auflagen verstoßen hatte, mußte er jetzt wirklich ins Gefängnis.

Erst Tage später durfte ich ihn besuchen. Man gestattete mir 15 Minuten Gesprächszeit pro Woche. Die Kinder nahm ich immer mit, auch wenn wir nur kurz bleiben konnten. Ich wollte, daß wir alle zusammen waren.

Schon beim ersten Besuch sagte mir Gaetano, daß er Deutschland verlassen wolle, sobald er aus dem Gefängnis herauskäme. Ich war einverstanden. Was hielt mich nach dem Tod meiner Großmutter schon noch in Lüneburg? Gaetanos Eltern lebten wieder in Gela. Sie waren ehrliche, anständige Menschen. Seine Verwandten hatten niemals Probleme mit der Justiz gehabt. Sie hatten immer hart gearbeitet. Ich hoffte, sie würden einen guten Einfluß auf ihren Sohn ausüben und mir helfen, ihn wieder auf die gerade Bahn zu lenken.

Umzug nach Gela

So zogen wir dann einige Wochen nach seiner Haftentlassung nach Gela. Wir hatten alle unsere Möbel verkauft. Dieser Umzug sollte für immer sein. Meine italienische Schwiegermutter, der mehrere Immobilien gehörten, stellte uns zunächst eine Zweizimmerwohnung im Erdgeschoß zur Verfügung, die in einem heruntergekommenen Stadtviertel lag, in dem ich mich sehr unwohl fühlte. Es gab nur Beton. Die Straßen waren schmutzig. Die Verkehrsschilder rund um Gela hatten alle Löcher, weil die Leute sie als Zielscheiben beim Übungsschießen benutzten. Es war Sommer und unerträglich heiß und staubig. Ich fand die Lebensweise der Menschen irgendwie primitiv.

Und primitiv fand ich auch die Anweisungen, die mein Mann mir nach unserem Umzug nach Sizilien gab: Ich durfte nicht allein in ein Café oder ein Lokal gehen, ich durfte auf der Straße nicht rauchen, im Grunde durfte ich allein nicht mal das Haus verlassen. Wenn ich die Hilfe meines Mannes brauchte und wußte, in welcher Bar er sich gerade befand, konnte ich mich nicht selbst dorthin begeben, um mit ihm zu sprechen. Ich mußte einen meiner Söhne schicken. Wenn ich einkaufen wollte, mußte ich mich immer von meinem Mann oder einem meiner Söhne begleiten lassen. Wir gingen nur dann gemeinsam aus, wenn es ein Fest gab oder wenn Verwandte uns einluden.

Auf Sizilien gibt es wunderschöne Gegenden. Gela gehört leider nicht dazu. Es ist eine häßliche Stadt. Gemeldet sind nur rund 70 000 Einwohner. In Wirklichkeit leben aber weit mehr Menschen dort. Die meisten Unterkünfte wurden ohne Baugenehmigung errichtet, und ganz viele sind nicht mal an das kommunale Strom- und Abwassernetz angeschlossen. Wer da wohnt, läßt sich nicht beim Einwohnermeldeamt registrieren. Warum auch? Der Staat hilft einem sowieso nicht weiter. Wer arm ist, muß sehen, wie er klarkommt. So etwas wie Sozialhilfe gibt es nicht.

Gela hat einen großen Hafen, aber niemals laufen dort Kreuzfahrtschiffe oder Yachten ein. Statt dessen liegen rostige Öltanker im braunen Wasser. Staatliche Petrochemiewerke verpesten die Luft. Wer in Gela überhaupt Arbeit hat, der ist in einer der Chemiefabriken beschäftigt oder fährt auf einem Tanker zur See. Aber die meisten Leute haben keine Arbeit.

Als wir nach Sizilien umzogen, war Tiziana acht, Marco sieben, Franco sechs und Simon zwei Jahre alt. In Lüneburg waren wir nachmittags oft im Park gewesen, aber dergleichen existierte in Gela nicht. Es gab überhaupt kein Grün, und es gab auch sonst nichts, wo meine Kinder sich mal austoben konnten.

Auch die Geschäfte in der Innenstadt waren nicht schön. Ich habe mich immer für Mode interessiert, aber die City von Gela lockt einen nicht gerade zum Einkaufsbummel. Das einzige, was mir gefiel, war das Meer. Aber um an einen schönen Strand zu kommen, muß man schon ein Stückchen fahren. Anfangs hatte ich noch kein Auto und mußte darauf hoffen, daß Gaetano mal mit uns ans Meer fuhr.

Erst als ich 1981 den Führerschein gemacht hatte, war ich mit meinem kleinen Fiat 126 etwas freier und konnte in den Sommermonaten der unerträglichen Hitze von Gela entfliehen und ans Meer fahren. Auch mal bis nach Taormina, wo viele Deutsche Urlaub machen.

Doch zunächst kam mir alles sehr bedrückend vor. Tiziana lebte sich zwar recht leicht ein, aber Marco und Franco hatten anfänglich große Probleme in der Schule wegen der Sprache. Ich hatte mit ihnen ja immer nur deutsch gesprochen. Aber Italienisch haben sie dann doch relativ schnell gelernt, vor allem, wenn man bedenkt, daß ich ihnen kaum helfen konnte. Ich war ja selbst kaum des Italienischen mächtig und konnte von daher beispielsweise auch nicht zu den Elternabenden gehen und mit den Lehrern meiner Kinder sprechen. Mein Mann hat sich keine Zeit genommen, um sich um ihre Schulaufgaben zu kümmern.

Die Schulen in Gela haben mir überhaupt nicht gefallen. Die Gebäude und Räume ließen mehr als zu wünschen übrig, und die Lehrer haben die Kinder niemals etwas Kreatives machen lassen. Trotzdem: Solange meine Jungs in der Grundschule waren, war ich richtig stolz auf sie. Sie brachten nach dem zweiten Jahr – das erste mußten sie wiederholen – ordentliche Zeugnisse nach Hause und waren sehr gehorsam. Ich hatte das Gefühl, meine Kinder gut erzogen zu haben.

Ich selbst lernte Italienisch dadurch, daß ich den Verwandten meines Mannes einfach zuhörte und versuchte, Worte und Sätze dann nachzusprechen. Die Familie meines Mannes ist sehr groß und einander sehr verbunden. Seine Mutter hat drei Brüder, sein Vater deren zwei sowie zwei Schwestern, und alle sind verheiratet und haben Kinder und Enkel. Mein Mann Gaetano hat vier Brüder und zwei Schwestern, die ebenfalls Familien haben. Ich habe fünf Schwägerinnen auf Sizilien, mit denen ich mich damals eigentlich sehr gut verstand. Aber über meine Probleme mit Gaetano, darüber, daß er mich betrog, daß er sich immer in Nachtclubs und Spielcasinos herumtrieb, habe ich mit ihnen nie gesprochen. Ich habe mich geschämt, und ich hatte Angst vor der Rache meines Mannes, der dies als »Verrat« empfunden hätte.

Ich war sowieso meist für mich. Ich bin keine Sabbeltante, und ich fand immer, dort auf Sizilien wird einfach zu viel geklatscht. Wenn du jemandem etwas erzählst, kannst du davon ausgehen, daß es hinterher gleich die ganze Nachbarschaft weiß. Allerdings sind die Leute wiederum auch unheimlich herzlich, so spontan und nett. Ich weiß noch, ich hatte mal auf der Straße einen kleinen Kreislaufkollaps, da sind gleich alle angelaufen gekommen und haben mir Wasser gebracht und mich versorgt, obwohl sie mich gar nicht kannten. Doch so nett die Sizilianer sein können, so schnell kann das auch umschlagen in Haß, wobei ein Menschenleben dann nichts mehr zählt. Aber dazu komme ich ja noch.

Mit meinen Schwiegereltern verstand ich mich gut. Meine Schwiegermutter ist heute 73, mein Schwiegervater 78 Jahre alt. Beide haben ihr Leben lang ehrlich gearbeitet und sind wohlhabend geworden. Vor allem aber sind sie ganz anständige Menschen, die in ihrem ganzen Leben noch nicht einmal einen Strafzettel, geschweige denn Probleme mit der Justiz bekommen haben. Nachdem sie in Deutschland einen großen Teil ihres Lohnes als Fabrikarbeiter gespart hatten, machte mein Schwiegervater in Gela ein Lebensmittelgeschäft auf.

Ich war ihnen immer sympathisch. Meine Schwiegermutter brachte mir bei, italienische Gerichte zu kochen, denn seitdem Gaetano wieder auf Sizilien lebte, wollte er Pasta essen. Deutsche Sachen wie Kasseler, Schweineschnitzel, Sauerbraten, Hering in Sahnesoße konnte ich ja auch nicht mehr machen, denn diese Dinge kann man in Gela nicht kaufen. Die Tomaten, Obst und Gemüse waren lecker, aber die Auswahl ließ zu wünschen übrig: Es gab immer nur die Sachen, die in der Region wuchsen. Dafür gab es im Supermarkt gleich eine ganze Regalreihe mit den verschiedensten Nudeln, aber nur eine einzige Sorte Weißbrot. So lernte ich eben von meiner Schwiegermutter, wie man aus ein paar frischen Tomaten, einigen Tropfen Olivenöl, einer Zehe Knoblauch und zwei Gewürzen ein leckeres Nudelgericht zaubert.

Nach einiger Zeit kauften meine Schwiegereltern eine schöne Wohnung direkt bei ihnen gegenüber im »Carrubazza«-Viertel für uns. Sie bestand aus dem zweiten und dritten Stock eines Wohnhauses plus darüberliegender Dachterrasse. Weil meine Schwägerin ein Möbelgeschäft führte, bekam ich die Einrichtung unheimlich günstig. Im Laufe der Zeit schuf ich uns eine richtige Traumwohnung. Unten gab es eine moderne Einbauküche in den Farben Rot und Weiß, des weiteren ein sehr großes Wohnzimmer mit zwei Sitzecken und einem großen Granitkamin. Auf dem Boden lag rote Auslegeware, und wir hatten zwei Sofagarnituren: Eine aus schwarzem Stoff nebst passender Schrankwand in Schwarz und eine aus schwarzrotem Leder. Im Stockwerk darüber befanden sich unser Elternschlafzimmer, mit deutschen Möbeln eingerichtet, das Kinderzimmer sowie ein Badezimmer.

Am Anfang teilten sich alle vier Kinder das eine Zimmer. Als Tiziana dann größer wurde, schlief sie im Wohnzimmer auf dem Schlafsofa. Über dem Kinderzimmer gelegen war die Dachterrasse, auf der wir im Frühjahr und im Herbst einen großen Teil des Tages verbrachten. Leider konnte man im Sommer da tagsüber kaum raufgehen, denn zu dieser Jahreszeit ist es in Gela so heiß, daß man einen Hitzschlag bekommen hätte.

Solange meine Kinder klein waren, war ich tagsüber gut beschäftigt. Ich brachte sie morgens in die Schule und holte sie mittags wieder ab, ich kümmerte mich um den Kleinen, ich mußte einkaufen, erledigte meine Hausarbeit, kochte zweimal am Tag. Mein Mann hat mir im Haushalt nie geholfen. Nur wenn es etwas zu reparieren gab, das er allein hinkriegen konnte, machte er das. Sonst rief er einen Handwerker. Abends ging ich entweder rüber zu meinen Schwiegereltern, oder ich saß vor dem Fernseher. Allein. Denn Gaetano war selten bei mir. Er ging jeden Abend nach dem Essen aus.

Mein Mann, der Spieler

Ich besaß nie ein eigenes Bankkonto, und ich verfügte auch über keine feste Summe im Monat für persönliche Bedürfnisse. Was immer ich für mich oder die Familie brauchte: Ich ging zu meinem Mann und bat ihn um den nötigen Betrag, und meistens gab er mir das Geld.

In der Anfangszeit in Gela hatte Gaetano einen festen Job als Fahrer. Doch schon bald ging er anderen Beschäftigungen nach, über die er sich ausschwieg. Er kam nur zum Essen nach Hause, ansonsten sah ich ihn selten. Meine Schwiegermutter war sehr mißtrauisch. Sie fragte immer: »Warum hat Gaetano keine geregelte Arbeit? Wo treibt er sich herum? Was macht er? Wovon lebt er?« Aber ich konnte ihr keine Antwort geben, denn ich wußte ja selbst so gut wie nichts über seine Aktivitäten. Mein Mann sprach darüber weder mit mir noch mit seiner Mutter.

Eines aber wußte ich, was seine Mutter nicht einmal ahnte: Gaetano war ein Spieler. Beinahe jeden Abend ging er in eines der illegalen Spielcasinos, die es in Gela gab. Mal kam er mit großen Summen heim, mal war er pleite. Aber meistens hat er gewonnen. Er rühmt sich noch heute, ein besonders trickreicher Falschspieler zu sein.

Als er immer öfter mit größeren Summen Geld nach Hause kam, obwohl er doch schon längst nicht mehr als Möbelfahrer arbeitete, stellte ich bohrende Fragen. Ich wollte wissen, wie er an das Geld gekommen war. Gaetano erklärte mir, daß er nunmehr ein Spielcasino leite. Er hatte mit seinen Partnern eine Wohnung angemietet und zu einem Spielsalon umfunktioniert. Das war natürlich illegal. Gaetano zockte als Mitbetreiber des Ladens offenbar gut ab. Da muß es schon um ziemlich hohe Summen gegangen sein. Und nebenbei dürften in dieser Spielhölle wohl noch andere, ebenfalls nicht ganz legale Geschäfte abgewickelt worden sein.

Ich kann leider nicht schildern, wie es in so einem Casino zuging: Gaetano hatte mir strikt verboten, mich auch nur ein einziges Mal dort blicken zu lassen. Er erklärte mir, Frauen hätten dort keinen Zutritt. Ich fragte ihn, ob das nur für Ehefrauen gelte. Da ich mich jedoch nicht immer mit Gaetano streiten wollte, fand mich einfach damit ab, daß er seltener zu Hause war denn je. Im übrigen hatte ich mit meinen vier Kindern soviel um die Ohren, daß ich abends viel zu erledigt war, um mir Fragen zu stellen, die mir dann den Schlaf geraubt hätten.

Auswirkungen auf die Kinder

Tiziana war zwar lieb, aber als meine älteren Söhne so etwa zehn, elf Jahre alt wurden, fingen sie an, immer schwieriger zu werden. Nach der Schule wollten sie nur noch draußen auf der Straße herumtoben. Sie warfen mit Steinen nach Passanten und benutzten schreckliche Schimpfworte. Sie prügelten sich mit jedem Kind, das ihnen nicht paßte, und ließen sich von niemandem etwas sagen. Franco und Marco begannen heimlich zu rauchen. Ich erwischte sie, und sie tischten mir die ersten Lügen auf. Sie kamen nicht mehr pünktlich zum Essen, ihre schulischen Leistungen ließen nach. Sie begannen ständig den Unterricht zu schwänzen. Und ihr Vater sprach nie ein Machtwort.

Meine Jungen brachten nie Freunde mit nach Hause. Das ist in Gela aber auch nicht üblich. Das ganze soziale Leben spielt sich auf der Straße ab. So sah ich meine Söhne immer seltener. Ich machte mir Sorgen. Aber je strenger ich war, je mehr ich meine Kinder bestrafte, desto mehr entglitten sie mir. Ich versuchte weiterhin, ihnen die Regeln des Anstandes beizubringen, so wie ich versucht hatte, sie gut zu erziehen, als sie klein waren. Aber alle meine Versuche gingen ins Leere, denn mein Mann hat sie niemals ausgeschimpft oder bestraft, wenn sie über die Stränge schlugen. Und er war für sie die einzige und wahre Respektsperson.

Ich erinnere mich noch gut daran, als Marco mit 13 oder 14 das erste Mal nachts nicht nach Hause kam. Ich war furchtbar wütend. Aber mein Mann meinte nur, ich solle mich nicht so aufregen, und damit war der Fall für ihn erledigt.

Simon, der kleinste, war zu der Zeit noch ein ganz lieber Junge. Er war begabt, bekam sehr gute Zeugnisse und wollte später einmal Rechtsanwalt werden. Wenn er aus der Schule kam, machte er brav seine Hausaufgaben, spielte im Kinderzimmer mit seinen Sachen, schaute Fernsehen und blieb immer zu Hause, außer wenn mein Mann ihn irgendwo mit hinnahm:

Simon, unser Nesthäkchen, war der Liebling meines Mannes. Nicht im Traum wäre ich damals darauf gekommen, daß ausgerechnet unser Simon später für Schlagzeilen in der Verbrechensspalte von Zeitungen sorgen würde ...

Marco und Franco gingen nach der sechsten Klasse nicht mehr zur Schule. Ich versuchte alles, um sie umzustimmen, aber sie wollten nicht auf mich hören, und ich konnte nichts dagegen unternehmen, weil Gaetano mich auch in dieser Sache nicht unterstützte. So lungerten sie von ihrem 13., 14. Lebensjahr an den ganzen Tag auf der Straße herum, bastelten an ihren Mofas, vertrieben sich die Zeit in Spielhallen. Oder waren mit ihrem Vater unterwegs, der ihnen auch Geld gab und ihnen Geschenke machte. Zwischen meinem Mann und seinen Söhnen herrschte immer große Einigkeit.

Mich haben meine Söhne nie um Geld gebeten, dabei legten sie zum Beispiel seit frühester Jugend durchaus Wert darauf, nur Markenkleidung zu tragen und teure Armbanduhren zu haben. Das alles schenkte ihnen immer ihr Vater, der ihnen später auch beibringen sollte, wie man sich diese Dinge gratis beschafft.

Verdachtsmomente

Obwohl Gaetano ja keinen festen Arbeitsplatz hatte, hat er immer Geld gehabt. Damit meine ich nicht, daß wir groß im Luxus gelebt hätten. Wir hatten unsere Wohnung, für die wir ja keine Miete zahlen mußten. Wir haben keine Urlaubsreisen unternommen und auch sonst kein ausschweifendes Leben geführt. Aber es reichte für zwei Autos und schöne Möbel, schicke Kleidung, und mein Mann schenkte mir zum Geburtstag Goldschmuck. Kurz und gut: Er verdiente nicht schlecht mit seinem Spielcasino-Geschäft.

Außerdem brauchte ich im Laufe der Zeit immer weniger Haushaltsgeld. Das war schon seltsam. Wenn ich einkaufen ging, bekam ich entweder enormen Rabatt, oder aber die Geschäftsleute, die immer von ausgesuchter Höflichkeit waren, sagten zu mir: »Signora, das mit der Rechnung kläre ich dann später mit Ihrem Mann.« Ich bekam stets den frischesten Fisch, das beste Gemüse, wurde bedient, sobald ich im Laden stand, auch wenn andere Frauen vor mir gekommen waren.

Wenn wir im Restaurant essen gingen – mein Mann liebt frischen Fisch und Meeresfrüchte, die ich nun gar nicht mag –, dann mußten wir ebenfalls nicht sofort bezahlen. Die Restaurantbesitzer behandelten Gaetano immer mit dem allergrößten Respekt und überschlugen sich förmlich, um ihm die besten Sachen aufzutischen.

Noch etwas war komisch: In Italien existiert eine staatliche Krankenkasse, und die medizinische Versorgung ist für die meisten Menschen schlecht. Wenn man eine Untersuchung vornehmen lassen muß – und sei es auch nur ein einfaches EKG –, dann geht das nur im öffentlichen Krankenhaus, und dort muß man normalerweise wochen- oder monatelang auf einen Termin warten. Aber ich kam immer sofort dran.

Es mußte einen Grund dafür geben, daß ich immer und überall so zuvorkommend behandelt wurde. Ich verstand, daß das irgendwie mit der Rolle meines Mannes bei uns im Viertel zu tun haben mußte. Zunächst dachte ich, Gaetano sei eben eine Respektsperson, weil ja auch seine ganze Familie in Gela sehr gut angesehen ist. Aber irgendwann wurde ich das Gefühl nicht mehr los, daß die Händler meinen Mann nicht mochten, sondern ihn fürchteten.

Manches Mal habe ich versucht, meinen Mann darauf anzusprechen, von ihm eine Bestätigung oder eine Erklärung dafür zu bekommen, daß die Händler Angst vor ihm hatten. Aber Gaetano weigerte sich, mit mir darüber zu reden. So entstanden nur heftige, fruchtlose Streitereien, die oft genug damit endeten, daß mein Mann mich schlug.

Die sizilianische Kultur verbietet jeden Dialog mit Außenstehenden, vor allem mit Frauen. Mein Mann wollte mir gegenüber nicht zugeben, daß er Schutzgeld von fast allen Einzelhändlern und Unternehmern der Stadt erpreßte. Erst nach Jahren verstand ich den wahren Grund für die Hochachtung, die man mir überall entgegenbrachte: Ich war *la moglie del boss*; die Frau des Paten.

Das Geschäft

Mein Leben änderte sich 1985, als wir ein Modegeschäft für Kleidung und Schuhe eröffneten. Die Idee war zufällig entstanden. Mein Mann hatte Räume für irgendein anderes Projekt angemietet, das sich dann aber zerschlug. Um das Geld, das er investiert hatte, nicht zu verlieren, beschloß er, ein Geschäft zu eröffnen. Heute weiß ich, daß es in erster Linie dazu dienen sollte, das Geld zu waschen, das Gaetano mit seinen illegalen Spielcasinos und anderen Aktivitäten als Mafioso verdiente.

Ich habe mich sofort um die Leitung des Ladens gekümmert. Das Geschäft war in zwei Teile aufgeteilt. Wir verfügten über einen 150 Quadratmeter großen Verkaufsraum und ein 300 Quadratmeter großes Lager. Wir beschäftigten vier Verkäuferinnen, und auch meine älteren Kinder arbeiteten im Laden.

Marco und Franco wollten als Kinder Seeleute werden. Kaum waren sie alt genug, hatten sich beide bei der Erdölfirma AGIP im Hafen von Gela als Schiffsjungen für deren Tanker beworben. Franco wurde wegen eines Sehfehlers abgelehnt, aber Marco fuhr tatsächlich zur See und schickte jeden Monat seine Heuer nach Hause.

Franco, der inzwischen 16 war, arbeitete deshalb gleich von Anbeginn an mit im Geschäft, ebenso wie seine 18jährige

Schwester Tiziana. Leider endete für Marco nach zwei Jahren die Seefahrt. Der Hafen von Gela lief damals schlecht, und es gab einfach keine Heuer mehr für ihn. Da hat er ebenfalls bei uns im Laden angefangen.

Mir hat die Sache von Anfang an großen Spaß gemacht. Ich mag Mode, ich hatte Verantwortung, und das Geschäft lief gut. Zum ersten Mal brauchte ich Gaetano nicht mehr um Haushaltsgeld zu bitten. Was ich brauchte, nahm ich mir einfach aus der Kasse. Es blieb genug über, um uns ein paar angenehme Dinge leisten zu können. Gaetano kaufte ein kleines, schnelles Motorboot, mit dem er an den Wochenenden mit den Kindern vor der Küste Gelas auf und ab brauste. Und einen nagelneuen Mercedes.

Aber im Laden ließ sich mein Mann kaum blicken. Er ging weiterhin seinen eigenen illegalen Geschäften nach. Es gab ständig Polizeirazzien in seinen Spielhöllen, und Gaetano handelte sich etliche Anzeigen ein. Ich hatte schon damals Angst und versuchte immer wieder, ihn dazu zu bringen, mit diesen unsauberen Deals aufzuhören, zumal unser Modegeschäft doch meiner Meinung nach gut genug lief, um uns ernähren zu können. Er regte sich auf, er schrie mich an, mich nicht in seine Angelegenheiten einzumischen. Ich hielt dagegen, doch allzu oft eskalierte dann der Streit. Mein Mann wurde gewalttätig und verprügelte mich nach Strich und Faden. Ich verfiel in Resignation.

Aber meine Vorahnungen bestätigten sich. In einem seiner Spielsalons wurde ein Mann getötet und Gaetano anschließend verhaftet. Die Anklage lautete auf »Vorschubleistung zum Mord«. Das betreffende Casino wurde geschlossen. Aber mein Mann machte, kaum wurde er aus dem Gefängnis entlassen, einfach ein neues auf. Ich verstand das nicht. Wir hätten es doch eigentlich gut haben können. Aber Gaetano stand immer irgendwie unter Strom, war gereizt und schlug mich bei jedem geringfügigen Anlaß. Es sollte noch eine Weile dauern, bis ich begriff, warum er so nervös war.

Tizianas Fehltritt

Auch meine Tochter Tiziana hatte so ihre Probleme. Sie war mit ihren blauen Augen und den braunen Locken ein bildhübsches Mädchen und lebenslustig. Aber ihr Alltag verlief äußerst eintönig. Entweder arbeitete sie im Geschäft oder war zu Hause. Gaetano hatte ihr verboten, mit Freunden auszugehen. Mit seiner Mentalität war nicht zu vereinbaren, daß sie als junge Frau sich amüsierte.

Unsere Söhne hingegen hatten von frühester Jugend an Freundinnen. Sie sahen niedlich aus, waren sehr gesellig und hatten deshalb immer viel Schlag bei den Frauen. Mein Mann fand es richtig, daß sie Erfahrungen sammelten. Seine einzige Tochter hingegen sollte wie eine Nonne leben.

Eines Tages verliebte sich Tiziana dann doch in einen jungen Mann. Filippo war Verkäufer in einem Benetton-Laden auf der Haupteinkaufsstraße in Gela. Ich habe gemerkt, daß da was im Busch war, als meine Tochter mir plötzlich ständig in den Ohren lag, daß wir doch noch mal im Benetton-Laden vorbeischauen sollten, weil sie da angeblich wieder irgendeinen Pullover gesehen hatte, den sie dann aber hinterher doch nicht haben wollte.

Tiziana gestand mir schließlich ihre Liebe zu diesem Jungen, und ich fand ihn eigentlich ganz nett. Weil ich ihr den Umgang mit ihm nicht verboten hatte, bekam ich ein Riesentheater mit meinem Mann, denn Gaetano war strikt gegen diese Verbindung. Ich verstand damals beim besten Willen noch nicht, warum. Und Tiziana erst recht nicht.

Sie tat das, was sizilianische Mädchen seit jeher tun, wenn sie sich einen Bräutigam ausgesucht haben, den die Eltern nicht akzeptieren: Sie brannte mit Filippo durch. Nach zwei Wochen kehrte sie heim. Damals war ich sehr ungerecht zu ihr, und dafür mache ich mir heute noch Vorwürfe. Ich war so wütend auf sie, weil sie ungehorsam gewesen war, weil sie Gaetano gegen mich aufgebracht hatte, daß ich ihr ins Gesicht schleuderte: »Du sollst es noch schlechter haben als ich!« Ich konnte seinerzeit ja nicht ahnen, daß es in der Tat so kommen würde, und manchmal denke ich, daß ich meine Tochter mit meiner Verwünschung ins Unglück gestürzt habe.

Da Tiziana ohnehin ihre »Ehre« verloren hatte, blieb Gaetano nichts anderes übrig, als der »reparierenden Hochzeit«, wie man auf Sizilien sagt, zuzustimmen. Tiziana heiratete 1987. Natürlich nicht mehr mit einer kirchlichen Trauung und in jungfräulichem Weiß, sondern nur standesamtlich, was ich sehr traurig fand. Ich war überhaupt tieftraurig, weil sie unser Heim verlassen würde, aber gleichzeitig auch irgendwie erleichtert, denn das einzige, was ich wirklich wollte, war, daß meine Kinder sich ihr eigenes Leben aufbauten. Zu Hause war die Stimmung nach wie vor gespannt, und Gaetano wurde immer schwieriger.

Mein Mann im Sumpf des organisierten Verbrechens

Ich habe, um diese Erinnerungen aufzuschreiben, alte Fotos, Dokumente und Prozeßunterlagen auf dem Tisch ausgebreitet. Gaetano hilft mir jetzt ein wenig. Zum ersten Mal erklärt er mir auch viele Dinge, die ich damals überhaupt nicht verstanden habe.

Mein Mann steckte Ende der 80er Jahre schon viel tiefer im organisierten Verbrechen, als ich ahnte. Mein Zetern, er möge doch mit den Spielcasinos aufhören und ein anständiges Leben führen, muß in seinen Ohren lächerlich und kindisch naiv geklungen haben: Er hätte damals schon längst nicht mehr aussteigen können.

Von Palermo aus hatte die Mafia, *Cosa Nostra* (Unsere Sache) genannt, das gesamte organisierte Verbrechen auf Sizilien unter Kontrolle. Ihre Clans waren überall im Geschäft. Auch in Gela gab es natürlich Mafiosi, die zu ihr gehörten. Aber daneben war noch eine andere Gruppe dabei, sich im kriminellen Milieu Respekt zu verschaffen: Der sogenannte *Clan dei Pastori* (Hirtenclan). Er hieß so, weil er von Ziegenhirten gegründet wurde. Ihr Boß war ein gewisser Salvatore Iocolano.

Gaetano hatte, als wir aus Deutschland gekommen waren, Vertreter dieses Clans kennengelernt, zunächst kleine Geschäfte mit ihnen gemacht und war dann innerhalb der Organisation immer wichtiger geworden. Erst organisierte er den Spielcasinobetrieb, um danach auch die Leitung der Sparte Schutzgelderpressung zu übernehmen

Das mit dem Schutzgeld hat die Mafia auf Sizilien schon immer praktiziert. Für Ladenbesitzer, Restaurantbetreiber und Unternehmer ist das fast so normal, wie Steuern zu zahlen. Sie geben einen Teil ihres Profites ab, und dafür können sie unbehelligt ihren Geschäften nachgehen. An die Polizei können diese Leute sich ja nicht wenden, denn die vermag sie nicht zu schützen. Mein Mann hatte als Mafiaboß natürlich auch Polizisten auf der Liste seiner Lohnempfänger. Später, als Kronzeuge, hat er sie hinter Gitter gebracht. Er ist der Ansicht, korrupte Polizisten seien ohnehin die größten Verbrecher.

Gaetano hat die Schutzgelder nicht selbst eingesammelt. Er war sozusagen der Manager dieses Geschäftes. Er führte die Bücher, kontrollierte die Einnahmen, befand darüber, wann ein Betreffender zu bestrafen war, weil es Zahlungsschwierigkeiten gegeben hatte. Zudem verteilte er auch die jeweilige Gewinnausschüttung an die Mitglieder der Organisation.

Die Bauunternehmen, die in Gela tätig waren, mußten grundsätzlich drei Prozent ihres Firmenumsatzes an die Organisation meines Mannes abführen. Weil es sich dabei um große Summen handelte, konnten sie in Raten zahlen. Falls die Mafia durch ihre Kontakte zur Stadtverwaltung dafür gesorgt hatte, daß ein ganz bestimmtes Unternehmen einen besonders großen Auftrag zugeschustert bekam, dann mußte diese Firma noch einmal extra löhnen. Gaetano mangelt es dafür nicht an Beispielen. Da gab es etwa eine Baufirma, die auf Betreiben seines Clans den Zuschlag erhielt, Abwasserleitungen in einigen Straßenzügen von Gela zu verlegen. Das Unternehmen sollte dafür umgerechnet eine Million Mark »Gewinnbeteiligung« an die Organisation abführen. Die »Tiefbauer« blieben da wohl etwas schuldig. In Fällen wie diesem machten die Firmenchefs Bekanntschaft mit Abordnungen, die dann so unfreundlich werden konnten, daß prompte Zahlung als dringend geraten erschien.

Die Organisation meines Mannes wurde *La Stidda* genannt. Das ist das sizilianische Wort für Stern. Aber diese Bezeichnung ist eine Erfindung von Journalisten, die damit symbolisieren wollten, was sich seit dem Ende der 80er Jahre auf Sizilien abspielte, als nämlich in vielen Städten neue Verbrecherorganisationen wuchsen, die mit der klassischen Mafia konkurrierten. Da gab es Aussteiger, die sich von der *Cosa Nostra* selbständig machten, und Einsteiger wie Gaetano, die von Anfang an einfach ohne die etablierte Mafia ihre Geschäfte machten.

Unsere Stadt Gela war bis Ende der 80er Jahre für die mächtige *Cosa Nostra* kein wichtiger Stützpunkt gewesen. Die Erklärung dafür ist einfach: Das große Geld gab es dort nicht zu verdienen. Aber dann ergab sich doch eine Gelegenheit für die Mafia, richtig abzusahnen. Bei Gela sollte ein Staudamm am Fluß Disueri ausgebaut werden. Der italienische Staat wollte umgerechnet 250 Millionen Mark in dieses Projekt investieren.

Die Organisation meines Mannes bereitete sich gezielt darauf vor, daran mitzuverdienen. Baufirmen wurden gegründet, Bagger angeschafft. Doch das gefiel der *Cosa Nostra* überhaupt nicht.

Die der Schutzpatronin von Gela geweihte Kirche Maria S.S.
D'Alemanna.

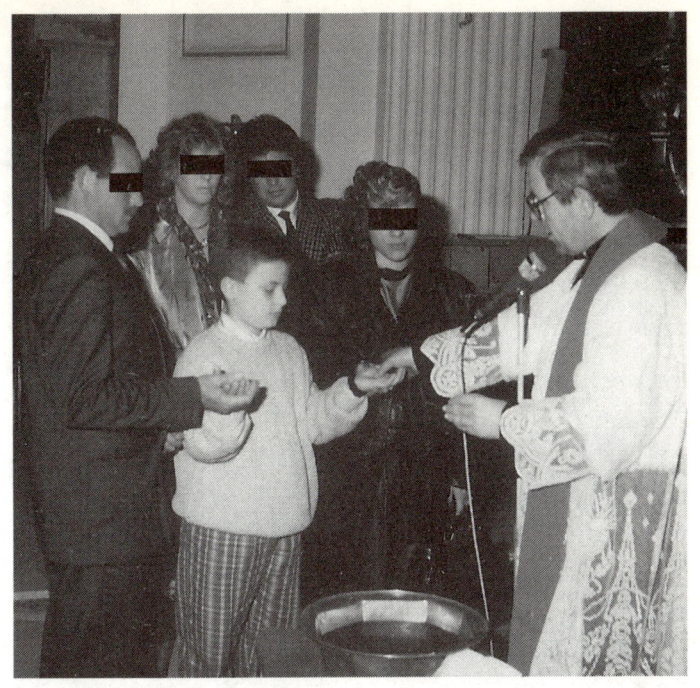

Aufnahme von Simons Taufe.

Piazza Umberto I., Gela 1986.

Der Hafen von Gela.

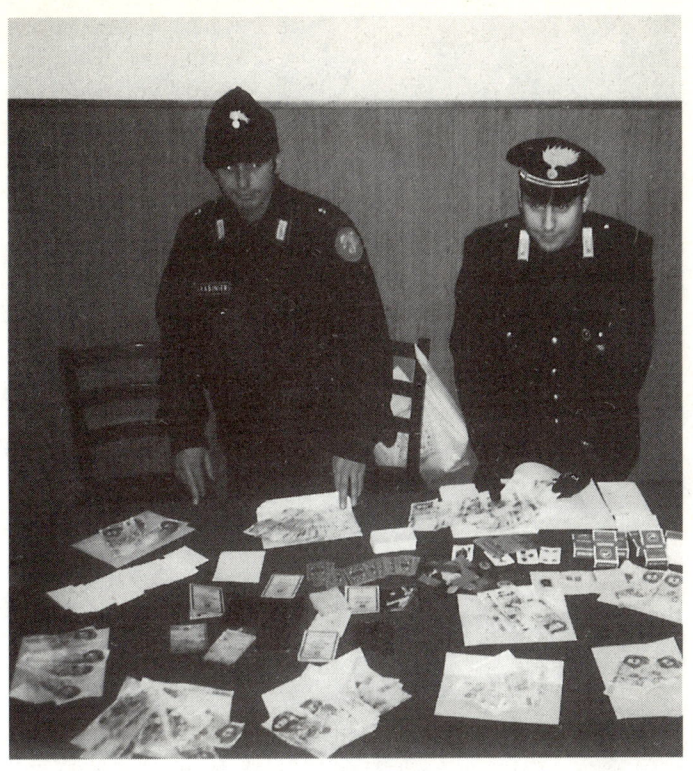

Polizeiaufnahme nach einer Razzia in einem der illegalen
Spielcasinos.

Marco im von der Mutter geführten Textilgeschäft »Zero Uno Gross Market«.

Ein frühes Foto von Gaetano Ianni, Jahrgang 1948, welches *La Sicilia* im Zusammenhang mit dessen erster Verhaftung am 27. Dezember 1989 abdruckte.

Demonstrierende Arbeiter im Dezember 1990 in Gela:
»Liebe Politiker: Der Staudamm Disueri bedeutet Fortschritt
für die Region. Arbeit statt Mafia!«

Der Staudamm Disueri im Herbst 1990. »Gela (Caltanisseta):
Die Verbrechen in Zusammenhang mit dem Mega-Bauauftrag
in Höhe von 250 Millionen Mark für die Rekonstruktion des
Staudamms Disueri werden jetzt vor Gericht verhandelt.
Der staatliche Bauauftrag hatte einen Mafiakrieg ausgelöst,
der zwischen 1987 und 1992 in Gela 110 Tote und ebenso-
viele Verletzte forderte ... 57 Angeklagte stehen vor Gericht.«
ANSA, 26.1.1995

Der Krieg bricht aus

Am 23. Dezember 1987 wurden zwei enge Freunde meines Mannes, Salvatore Lauretta und Orazio Coccomini, erschossen. Damals wußte ich nicht, was dahintersteckte. Inzwischen hat mein Mann mir erzählt, daß *Cosa Nostra*-Boß Giuseppe Madonia seine beiden Partner hatte töten lassen. Das war dessen Warnung an die *Stidda*, sich nicht in seine Belange einzumischen.

Ich ging mit zu den Beerdigungen und konnte die tiefe Trauer meines Mannes um seine Freunde verstehen.

Am 14. Januar 1988 kam Gaetano gegen 20 Uhr mit seinem Freund Aurelio Cavallo nach langer Zeit mal wieder in unser Geschäft. Es waren nur noch wenige Kunden da, weil es kurz vor Ladenschluß war. Plötzlich sprang die Tür auf. Vermummte Männer stürmten herein. Sie hielten Pistolen und Gewehre mit abgesägtem Lauf in den Händen, und sie eröffneten das Feuer, ohne vorher ein Wort zu sagen.

In Todesangst warf ich mich auf die Erde. Ich hörte das Krachen der Schüsse, und dann sah ich etwas, das mich noch mehr erschreckte. Mein Mann hatte plötzlich ebenfalls eine Pistole gezückt und schoß auf die Männer, die uns überfallen hatten. Er traf einen der Killer. Dieser ließ seine Waffe auf die Erde fallen und floh blutüberströmt. Aber auch mein Mann bekam eine Kugel ab. Er schrie auf und sank zu Boden. Dann hörte ich weitere gellende Schreie. Als endlich die Schießerei aufhörte, rappelte ich mich auf.

Ich war mit heiler Haut davongekommen wie auch mein Sohn Marco, der mit uns im Laden gewesen war. Aber mein Mann, sein Freund Aurelio und auch unsere 20jährige Verkäuferin Angela Vaccaro waren verletzt. Sie wurden in ein Krankenhaus eingeliefert und operiert. Ich weiß nicht, wer den Krankenwagen gerufen hatte, da ich unter Schock stand und gar nicht mehr aufhören konnte zu weinen.

Warum war unser Geschäft überfallen worden? Und warum

war mein Mann bewaffnet gewesen? Hatte er einen solchen Angriff erwartet? Ich blieb die ganze Nacht wach. Meine Kinder machten mir Mut, indem sie sagten, ich solle mir keine Sorgen machen, es würde sich sicher bald alles aufklären. Als ich am nächsten Tag im Krankenhaus war, hörte ich auf einmal Sirenen und kurz darauf Stimmen auf dem Korridor. Ich bekam mit, daß eine Person erschossen worden sei.

Zwanzig Minuten später kam die Polizei und nahm meine Söhne zum Verhör mit. Man glaubte, sie hätten den Mord verübt, um das Attentat auf ihren Vater zu rächen, aber dem war nicht so. Sie hatten ein Alibi, denn sie waren ja mit mir im Krankenhaus gewesen. Am nächsten Tag verbreiteten die Zeitungen die Nachricht, daß der Mord auf jeden Fall eine Antwort auf den Überfall auf meinen Mann gewesen sei. Und daß sich hinter der ganzen Sache ein Mafiakonflikt verberge. Mehr wußte die Polizei damals noch nicht.

Nach vielen Tagen erst konnte mein Mann das Krankenhaus verlassen. Er trug einen Gips, denn die Kugel, von der er getroffen worden war, hatte seinen Oberarmknochen zerschmettert.

Wir mußten unseren Laden schließen, denn seit dem Attentat kamen aus Angst keine Kunden mehr. Gaetano wollte mir einfach nicht sagen, was hinter der ganzen Sache steckte. Deswegen erlitt ich einen richtigen Nervenzusammenbruch. Ich konnte nichts an Nahrung mehr zu mir nehmen, verlor in einer einzigen Woche zehn Kilo an Gewicht, hatte oft Alpträume, schlief schlecht und weinte und zitterte bei jeder Kleinigkeit. Ich war bei einem Neurologen in Behandlung, der mir gegen diese Symptome Beruhigungsmittel verschrieb. Mit der Zeit war ich nur noch ein Skelett und zudem ständig schläfrig. Meine Familie konnte ich nicht mehr so betreuen, wie ich eigentlich gewollt hätte, denn ich war wirklich am Ende meiner Kräfte angelangt. Ich erinnere mich daran, daß mir beim Autofahren die Augen zufielen und daß der kleine Simon, der neben mir saß, dies bemerkte und versuchte, mich wachzuhalten, indem er scherzte oder sich sonst irgendwas einfallen ließ. Ich dachte, daß ich aus diesem Alptraum nie mehr erwachen würde. Ich fühlte mich wie eine Greisin, obwohl ich doch erst 37 Jahre alt war.

Nach einigen Monaten begann sich mein Zustand ein wenig zu bessern, doch nun mußte ich noch gegen die Medikamente ankämpfen. Ich war völlig abhängig von diesen Beruhigungsmitteln und konnte überhaupt nicht mehr einschlafen, ohne vorher Tabletten genommen zu haben. Irgendwann hielt ich das nicht mehr aus. So entschied ich, ab sofort keine Pillen mehr zu schlucken. Drei Nächte lang machte ich kein Auge zu. In der vierten Nacht schlief ich dann endlich ein und überstand somit diese Krise.

Blutbäder

Nicht zuletzt deshalb, weil ich in dieser Zeit so fix und fertig gewesen war, bekam ich kaum mit, was sich unter meinem Dach abspielte: daß nämlich mein Mann Gaetano unsere Söhne in die Geheimnisse seiner Organisation einweihte. Er klärte sie über die Hintergründe des Attentates auf und offenbarte ihnen, daß *Cosa Nostra*-Boß Giuseppe Madonia seiner *Stidda* den Krieg erklärt hätte. Er sagte ihnen auch, daß er als Pate seiner Organisation ganz oben auf der Abschußliste stehe und jederzeit ein solches Attentat wiederholt werden könne. Er machte ihnen deutlich, daß sie ebenfalls in Lebensgefahr schwebten. Mein Mann erklärte seinen Söhnen, wer ihre Freunde und wer ihre Todfeinde waren.

Meine Söhne hätten im Verteilungskrieg um die Mafia-Macht in Gela die nächsten Opfer sein können. Mein Mann sorgte vor, indem er sie zu Tätern machte. Das alles durfte ich natürlich nicht erfahren: Ich hätte mich zu Tode geängstigt.

Mir fiel nur auf, daß Gaetano in dieser Zeit mit unseren Jungs besonders häufig ausging und sie auch abends mit ins Restaurant nahm. Der damals 12jährige Simon, der noch das technische Gymnasium besuchte, bekam seine erste Waffe: Eine Pistole vom Kaliber 45. Jede Minute zerplatzten Flaschen als Zielscheiben seiner Schießübungen. Selbstverständlich wollten auch Marco und Franco ihren Vater unbedingt beschützen, weshalb sie das Haus nur noch bewaffnet verließen.

Zwei Monate nach dem Überfall auf unser Geschäft, im März 1988, wurde mein Mann von der Polizei verhaftet. Mit ihm wurden 19 weitere Männer aus Gela festgenommen, von denen die Staatsanwaltschaft vermutete, daß sie in diesem Mafiakrieg mitmischten. Genaueres war den Ermittlern noch nicht bekannt.

Gaetano wurde einfach die Tatsache vorgeworfen, daß er bei dem Attentat mit einer Pistole zurückgeschossen hatte, für die er keinen Waffenschein hatte. Außerdem wurde ihm »Zugehörigkeit zu einer Mafia-Verbindung« zur Last gelegt. Die Polizei wußte damals nur, daß ein Mafiakrieg im Gange war: Sie wußte noch nicht, daß mein Mann der Boß war. Sie konnte ihm nichts Konkretes nachweisen. Denn die Sizilianer hielten sich an das Gesetz der *Omerta*: an die Schweigepflicht. Das galt für die Männer der *Cosa Nostra* genauso wie für die Mitglieder der *Stidda* meines Mannes. Die Geschäftsleute, die Schutzgeld zahlen mußten, wagten nicht, darüber vor der Polizei auszusagen. Und auch die bravsten Bürger hätten sich, wenn sie Augenzeugen eines Verbrechens wurden, lieber die Zunge abhacken lassen, als Einzelheiten zu erzählen. Die Polizei, das wußte damals jeder, hätte sie vor *Vendetta*, also vor Racheakten, nicht schützen können.

Ich fuhr jede Woche zu meinem Mann ins Gefängnis, das sich im 100 Kilometer entfernten Caltanisseta befand. Gela verwandelte sich allmählich in eine Stadt im Bürgerkrieg. Täglich wurden Menschen erschossen, oft starben Passanten, die mit all dem nichts zu tun hatten; an allen möglichen Stellen explodierten Autobomben oder auf Vespas montierte Sprengsätze, Leute wurden Opfer der *Lupara bianca*, des »weißen Schrotgewehrs«, was bedeutet, daß sie einfach spurlos auf Nimmerwiedersehen verschwanden und ihre Angehörigen nicht einmal ein Grab hatten, an dem sie weinen konnten. Geschäfte wurden gezielt in die Luft gejagt, ganze Familien auf einen Schlag ausgerottet. Abends hatte man das Gefühl, in einer Stadt mit Ausgangssperre zu leben. Niemand traute sich auf die Straße. Ständig hörte man Polizei und Ambulanzsirenen heulen, die Wagen rasten von einem Teil der Stadt in den anderen, und dauernd wurde Gela wegen eines neuen Verbrechens abends in den Fernsehnachrichtensendungen gezeigt. Ich hatte immer nur Angst.

Allein in unserer ja relativ kleinen Stadt kamen 1988 bei Attentaten 29 Menschen um, 1989 wurden 44 Menschen getötet, 1990 waren es 53 und 1991 noch 17. Das ist nur die Totenstatistik, die Verletzten wurden überhaupt nicht gezählt.

Diverse Bekannte meines Mannes wurden in dieser Zeit erschossen oder von Bomben zerfetzt. Ich hatte Angst, auf die Straße zu gehen, weil man auch einfach so aus Versehen getötet werden konnte. Gaetano ließ aus dem Gefängnis immer wieder verlauten, daß er unschuldig sei, und ich glaubte ihm. Ich machte mir Sorgen um ihn, denn er litt noch immer unter den Folgen der Schußverletzung, und im Gefängnis gab es keine angemessenen Behandlungsmöglichkeiten. Nach sechs Monaten Haft wurde er im September 1988 freigelassen und unter Hausarrest gestellt.

Jeden Tag kamen ihn andere Leute besuchen, die ich noch nie gesehen hatte, und da er mit ihnen nicht in meiner Gegenwart sprechen wollte, ging er stets in den ersten Stock. Marco, unser ältester Sohn, war meist bei den Besprechungen dabei. Ich habe den Besuchern Espresso gekocht. Nach etwa anderthalb Stunden sind diese Personen dann wieder gegangen. Damals war mir nicht klar, daß mein Mann der Oberbefehlshaber der einen kriegführenden Seite war.

Erst heute weiß ich, daß viele von diesen Attentaten in meinem Haus geplant wurden, während ich in der Küche stand und Kartoffeln schälte. Heute weiß ich auch, daß Gaetano den Einsatz unserer Söhne taktisch geplant hatte. Unser ältester Sohn Marco war von Anfang an sein Verbündeter. Er hat sich wie sein Vater um Schutzgelderpressung gekümmert. Er hat Waffen besorgt. Und er hat seit Anfang 1989 mit gemordet.

Unser Jüngster wurde schon mit 13 Jahren in alles eingeweiht. Simon versorgte *Stidda*-Mitglieder, die in irgendwelchen Verstecken untergetaucht waren, mit allem, was sie brauchten. Und wurde wenig später ein Killer, der wegen seiner Kaltblütigkeit und Schießkunst auch von Verbündeten meines Mannes gebucht wurde.

Unseren mittleren Sohn Franco hielt Gaetano nur aus strategischen Gründen aus dem Mafiakrieg heraus. Franco sollte sauber bleiben, denn Gaetano wußte, daß er Franco als Helfer und Botschafter brauchen würde, falls er nebst seinen anderen beiden Söhnen verhaftet werden sollte.

Auf mich wollte er nicht zählen. Erstens, weil ich eine Frau war, und zweitens, weil ich nach Gaetanos Meinung nicht zuverlässig gewesen wäre. »Du bist einfach zu nah am Wasser gebaut, du bist sentimental, du heulst immer gleich los«, hat mir Gaetano neulich erst gesagt. »Aus dir hätte die Polizei ja alles rausgekriegt. Deshalb durftest du nichts wissen.«

Ich wußte wirklich nicht, was meine Kinder taten, wenn sie nicht zu Hause waren. Wir redeten zwar am Eßtisch über alles mögliche, aber wenn es darum ging, was sie so unternahmen, erzählten sie mir meistens Lügen. Sie sagten mir: »Mama, heute fahre ich nach Taormina an den Strand, ich weiß noch nicht, ob ich heute abend wiederkomme.« Oder: »Mama, warte nicht auf mich, ich gehe in die Disko.« Und in Wahrheit gingen sie Menschen erschießen.

Marco hat am 14. März 1989, also ein Jahr nach dem Attentat auf meinen Mann, seinen ersten Mordversuch begangen. Gemeinsam mit seinem Freund und Partner Nunzio hatte er zuvor einen Fiat Uno geklaut, um sich in Vittoria bei Gela zwei »Feinden« zu nähern: den beiden *Cosa Nostra*-Vertretern Giovanbattista Molé und Giovanni di Stefano. Marco schoß und traf di Stefano am Kopf, der aber überlebte. Molé blieb unverletzt.

Fünf Tage später hat Marco erstmals einen Menschen getötet: Wieder gemeinsam mit seinem Freund Nunzio hat er den *Cosa Nostra*-Boß Antonio Razza mit einer Pistole vom Kaliber 7,65 erschossen. Das war nur der Anfang seiner Karriere als Killer. Insgesamt wirft ihm die Staatsanwaltschaft Beihilfe zum Mord in zehn Fällen, Mordversuch in sechs Fällen und Mord in drei Fällen vor.

Verbannung

Im Mai 1989 bekam mein Mann Gaetano, der ja unsere Wohnung nicht verlassen durfte, sein Urteil: Ihm wurden zwei Jahre Aufenthaltsverbot in den süditalienischen Regionen Sizilien, Kalabrien und Kampanien auferlegt. Man hatte ihm kein konkretes Mafiaverbrechen nachweisen können. Die italienische Rechtsprechung glaubte damals, mutmaßliche Mafiosi durch »Verbannung« unschädlich machen zu können. Die Betreffenden wurden einfach an einen Ort weit weg von ihrer Heimat geschickt, wo sie sich dann regelmäßig bei der Polizei melden mußten. Die Richter gingen von der Annahme aus, daß Mafiosi, die aus ihrem Umfeld herausgerissen wurden, keinen Schaden mehr anrichten konnten.

Ich fand das Urteil gemein. Ein Jahr lang war mein Mann immer bei mir zu Hause gewesen, meine Söhne waren bei mir gewesen, wir hatten ein richtiges Familienleben gehabt, und jetzt wurde er weit weggeschickt. Gaetano durfte seinen Aufenthaltsort selber aussuchen. Er beschloß, nach Carbonia zu ziehen, einer Stadt mit 30 000 Einwohnern bei Cagliari auf Sardinien. Ich wußte nicht, warum er ausgerechnet dorthin wollte. Mir sagte er, er kenne dort Leute, und Sardinien sei doch sehr schön. Wenn ich ihn besuchen käme, könnte ich an den saubersten Stränden Italiens baden. Der wahre Grund war, das in Carbonia schon zahlreiche »Verbündete« lebten, andere sizilianische Mafiosi, die sich nicht mehr auf Sizilien aufhalten durften.

Kaum hatte ich mich von dem Schock erholt, daß mein Mann mich verlassen würde, mußte ich den nächsten Schlag einstekken: Marco wurde verhaftet. Die Anklage lautete wie bei meinem Mann: Zugehörigkeit zu einer Mafia-Organisation. Ich fiel aus allen Wolken, als mein Sohn abgeführt wurde.

Was meine Söhne wirklich taten, hätte ich nicht herausfinden können. Das schaffte ja noch nicht einmal der Staatsanwalt, der gegen sie ermittelte. Ich fand zu keiner Zeit irgendwelche Hinweise, Blutflecken etwa auf den Hemden, die ich wusch, oder Waffen in ihren Zimmern. Sie brachten nichts mit nach Hause, was als Beweismittel hätte dienen können, weil sie wußten, daß unsere Wohnung jederzeit von der Polizei durchsucht werden konnte. Und meine Phantasie reichte nicht dazu aus, um mir vorzustellen, daß meine lieben Kinder, die mir die Wange streichelten, wenn ich traurig war, mit der gleichen Hand Menschen töteten. Insofern empfand ich die Verhaftung meines Sohnes Marco nur als großes Unglück.

Nachdem Marco in Polizeigewahrsam genommen worden war, schickte Gaetano Franco sicherheitshalber nach Deutschland. Mir gegenüber erklärte Franco, er wolle sich in Deutschland Arbeit suchen, um auf eigenen Füßen stehen zu können. Kurz darauf reiste Gaetano in Richtung Carbonia ab. Simon und ich blieben allein in unserer großen Wohnung in Gela zurück. In dieser Zeit erlebte ich nur eine einzige kleine Freude: Mein erstes Enkelkind wurde geboren. Tiziana brachte eine gesunde Toch-

ter zur Welt. Aber ansonsten fühlte ich mich einsam und verlassen. Ich hatte das Gefühl, mein Leben verfehlt zu haben.

Mit meinem Mann konnte ich nur am Telefon reden, Marco
mußte ich hinter Gittern sehen. Mir waren diese Besuche im
Gefängnis immer peinlich. Ich wurde von Kopf bis Fuß unter-
sucht, damit ich ihm nichts ins Gefängnis schmuggelte. Ich
konnte all das einfach nicht mehr ertragen und dachte sogar
an Selbstmord. Nur die Liebe, die ich für meine Kinder fühlte,
hielt mich davon ab. Denn mehr als je zuvor sah ich meine Familie zerrüttet. Die Anwälte machten uns große Hoffnungen
darauf, daß mein Mann bald zurückkehren dürfe und Marco
bald aus der Haft entlassen würde. Aber als immer mehr Zeit
verging, ohne daß sich irgend etwas änderte, begriff ich, daß
sie mir einen Bären aufgebunden hatten.

Die Söhne als Stellvertreter

Im Frühjahr 1990 wurde mein Sohn endlich aus der Haft entlassen. Aber nur unter der Auflage, daß auch er in die Verbannung ging. Er zog zu meinem Mann.

Ich blieb zunächst weiterhin in Gela, weil ich Simon und Tiziana nicht allein lassen wollte. Was ich nicht ahnte: Simon,
der doch in meinen Augen ein braver Gymnasiast war, führte
in dieser Zeit die Anweisungen meines Mannes aus Sardinien
weiter aus. Er organisierte Waffenlieferungen, er führte die
Buchhaltung und hielt Kontakte. Das alles passierte, während
ich zu Hause immer schön darauf achtete, meine Wohnung sau-
berzuhalten, den Jungen pünktlich in die Schule zu schicken,
ihm gesunde Mahlzeiten zuzubereiten und meiner Tochter Tiziana zur Hand zu gehen.

Nachdem unsere Trennung nun fast schon ein Jahr währte,
wollte ich Gaetano endlich wiedersehen und eine Familienzu-

sammenführung erreichen. Im Frühjahr 1990 flog ich mit Franco, der gerade aus Deutschland kam, und Simon von Palermo aus nach Sardinien zu Marco und meinem Mann.

Zu meiner Überraschung trafen wir die beiden in ihrer Wohnung nicht alleine an. Mit ihnen lebten dort noch weitere zehn Männer aus Gela, die alle wegen des Verdachtes der Mafiazugehörigkeit aus Süditalien verbannt worden waren. Es wurden aber dann weniger, weil auch deren Ehefrauen nach Sardinien kamen und sie sich eigene Quartiere suchten.

Auch wenn er sich nicht mehr auf Sizilien aufhalten durfte, hatte mein Gaetano als Pate der *Stidda* seine Organisation gut im Griff. Mit den Einnahmen aus dem Drogenhandel finanzierte er seine Reisen, die ihn beispielsweise nach Malta führten, um dort Waffen zu kaufen. Aus dieser Geldquelle wurden auch die Mitarbeiter auf Sardinien versorgt, Appartements gemietet, Motorräder und Autos gekauft. Mein Mann schenkte all denen, die die Aufgabe hatten, dafür zu sorgen, daß Waffenlieferungen aus der Schweiz glatt durch den Zoll kamen, Rolexuhren. Und über alle Vorgänge in Gela war er natürlich die ganze Zeit über bestens informiert.

Auch Marco hinderte die Verbannung nicht daran, weitere Straftaten zu begehen. Weil die *Stidda* Kapital für den Krieg gegen die *Cosa Nostra* brauchte, war sie ins Drogengeschäft eingestiegen, welches mein Mann Gaetano mit unserem Sohn Marco zusammen von Sardinien aus steuerte. Unser Sohn hat selbst nie Drogen genommen, aber er hat Heroin und Kokain in Großmengen eingekauft, eigenhändig portioniert und an die Dealer verteilt.

Aber jenes Verbrechen, das mich immer und immer wieder im Schlaf verfolgt, hat er im Juli 1990 verübt, als er heimlich nach Gela reiste.

Ein 16jähriger namens Giovanni Tumeo hatte die Ehefrau eines der Geschäftspartner meines Mannes ausgeraubt und dabei sogar mit dem Messer verletzt. Dafür sollte er büßen. Mein Sohn Marco und dessen Freunde verkleideten sich als

Polizisten – die Uniformen hatten sie aus einer Wäscherei geklaut –, und mit diesem Trick haben sie sich den Jungen auf der Straße geschnappt, in ihr gestohlenes Auto verfrachtet, irgendwo aufs Land gebracht und dort gefoltert. Der Junge sollte sein Wissen über die *Cosa Nostra* preisgeben. Das hat er aber wohl nicht getan. Da haben mein Sohn Marco und sein Trupp ihn aufgehängt und ihm Nagel um Nagel in den Kopf geschlagen, so lange, bis er tot war. Danach haben sie seine Leiche auf irgendeiner Baustelle in Beton gegossen. Sie ist bis heute nicht gefunden worden.

Von dieser grauenhaften Tat habe ich jedoch erst später erfahren. Ich war im Frühsommer 1990 einfach nur froh, endlich ein paar Wochen mit meinem Mann und allen drei Söhnen verbringen zu können. Ich war deswegen fast glücklich, ein Zustand, der jedoch nur kurze Zeit andauern sollte.

Franco, der sich zuvor in Deutschland aufgehalten hatte, wurde auf Sardinien wegen Zugehörigkeit zur Mafia verhaftet. Er wurde ins Gefängnis von Trapani auf Sizilien überstellt. Ich war mir sicher, daß ihm nicht viel passieren würde: Die Anschuldigung kam mir einfach absurd vor.

Ich gedachte auch weiterhin auf Sardinien zu bleiben, aber Gaetano eröffnete mir eines schönen Tages, daß ich in unsere Wohnung nach Gela zurückkehren solle. Da wurde ich furchtbar wütend, weil ich sofort annahm, daß da etwas Komisches an der Sache war. Ich fragte meinen Mann, ob es eine andere Frau gäbe. Aber wie üblich stritt er alles ab.

Seinem Wunsch, daß ich abreisen sollte, widersetzte ich mich, obwohl ich mich in Carbonia nicht gerade wohl fühlte. Wir lebten ziemlich isoliert und hatten überhaupt keinen Kontakt zu Nachbarn, weil die örtlichen Politiker, unterstützt von den Einwohnern des Ortes, Kampagnen gegen uns starteten: Sie wollten uns aus der Stadt verjagen. Als Zwangsverbannte wegen Mafiadelikten waren wir in dem kleinen Städtchen nicht gerade willkommene Gäste. Außerdem hatte sich herumgesprochen, daß die Polizei in Gaetanos Wohnung in der Weihnachtszeit 1989 bei einer Razzia Waffen gefunden hatte: Ein Maschinengewehr, Pistolen und etwa tausend Schuß Munition wurden beschlagnahmt, die für Sizilien bestimmt waren. Natürlich war Gaetano deshalb wieder einmal verhaftet worden, kam dann aber mit erneutem Hausarrest zunächst davon.

Meine Sehnsucht, Franco zu sehen, wurde immer größer, und so flog ich schließlich doch nach Palermo, und gleich nach meiner Ankunft auf Sizilien besuchte ich ihn im Gefängnis.

Tiziana war mit ihrem zweiten Kind schwanger, und da ihr Mann Filippo sich in Deutschland aufhielt, schlief sie mit ihrer Tochter bei mir in unserer Wohnung in Gela. Dann erreichte mich eine furchtbare Nachricht: Gaetano wurde am 22. Juni 1990 wegen unerlaubten Waffenbesitzes und Mafiazugehörigkeit zu vier Jahren und acht Monaten Haft verurteilt – als Folge der weihnachtlichen Razzia, bei der das Waffenlager entdeckt worden war. Die Strafe mußte er sofort antreten, kam aber bereits am 2. August wieder auf freien Fuß. Sein Anwalt Patrizio Rovelli hatte einen Verfahrensfehler nachweisen können, weil es bei der gerichtlichen Vernehmung meines Mannes zu einem Verstoß gegen die Prozeßordnung gekommen war. Ich war damals noch naiv genug, um seine Freilassung als Beweis dafür zu werten, daß Gaetano keinesfalls ein Schwerverbrecher sein konnte.

Das Verhängnis meiner Tochter

Am 4. August 1990 brachte Tiziana einen strammen Jungen zur Welt, den sie nach ihrem Vater Gaetano nannte, und ich war natürlich wie immer für sie da. Am darauffolgenden Morgen verließ ich das Krankenhaus, um mich zu Hause etwas auszuruhen und um die Kleine, Tizianas Tochter, umzuziehen. Eine halbe Stunde später kam Simon zu mir mit der Mitteilung, daß mein Schwiegersohn keineswegs in Deutschland weile und dort arbeite, sondern sich in der Nacht vor der Geburt seines Sohnes hier in Gela ein Feuergefecht mit der Polizei geliefert habe. Er sei von mehreren Schüssen getroffen worden, aber über seinen genauen Gesundheitszustand sei noch nichts weiter bekannt. Mir gefror das Blut in den Adern. Also hatte auch Tiziana mein Schicksal geerbt. Auch ihr Mann war ein Verbrecher!

Heute weiß ich, daß Gaetano damals nicht nur aus den genannten Gründen gegen Tizianas Verbindung zu Filippo gewesen war. Filippos Familie war ebenfalls mafiös, und mein Mann hatte zu ihr nicht die besten Beziehungen. Als dann die Hochzeit unumgänglich war, mußten die beiden Clans sich einigen. Die Entscheidung lief darauf hinaus, daß Filippo künftig Mitglied der Organisation meines Mannes sein würde. Später sollte sich daraus noch ein besonderes Drama entwickeln. Aber zunächst war alles auch so schon schlimm genug.

Nach dem Gespräch mit Simon eilte ich sofort ins Krankenhaus, um zu verhindern, daß irgend jemand meiner Tochter etwas von dem nächtlichen Vorfall mit Filippo berichtete. Da ich wußte, wie schwach sie nach der Geburt war, wollte ich vermeiden, daß Tiziana sofort losstürzte, um nach ihrem Mann zu sehen. So blieb ich die ganze Zeit in ihrer Nähe und bat auf dem Korridor alle, ihr bloß nichts zu erzählen. So konnte Tiziana sich in aller Ruhe erholen und drei Tage später das Krankenhaus verlassen.

Als wir bei mir zu Hause ankamen, machte ich ihr zunächst was zu essen. Dabei suchte ich ständig nach den richtigen Worten, um ihr die schlimme Nachricht beizubringen. Aber keine Worte der Welt konnten ihren Schmerz lindern, als sie erfuhr, was geschehen war, und als sie von den Unterleibsverletzungen ihres Mannes hörte, begann sie fürchterlich zu weinen. Nachdem die Tränen geflossen waren, bestand Tiziana auf einem sofortigen Besuch bei Filippo. Er lag in einem Krankenhaus in der Nähe von Gela. Als wir dort ankamen, wollte man uns nicht zu ihm lassen, denn er wurde strengstens von der Polizei bewacht, die jeden Besuch untersagte. Letztendlich durfte meine Tochter dann aber doch für zwei Minuten mit dem Neugeborenen zu ihm. Aufgrund der langwierigen und komplizierten Operation, welche die zahlreichen Schußwunden nötig gemacht hatten, befand Filippo sich in einer ziemlich schlimmen Verfassung. Erst Wochen später begann sich sein Gesundheitszustand zu bessern, und er wurde verhaftet.

Wir fühlten uns allein gelassen. Ich hatte Angst um Tiziana, denn ihr Leben schien ein Abbild des meinen zu werden. Das konnte und wollte ich nicht akzeptieren. Sie war ganz allein mit ihren zwei Kindern und völlig verzweifelt. Die Freude über die Geburt ihres Sohnes hatte nur wenige Tage gewährt. Ich wußte, was sie durchmachte. Ich hätte alles getan, um sie nicht leiden zu sehen, aber ich konnte nichts tun. Ich versuchte trotzdem, sie zu trösten, aber es war ein schwieriges Unterfangen, die richtigen Worte zu finden, um ihr etwas Mut zu machen. Nach ein paar Monaten begann Tiziana, sich mit der Situation abzufinden, so wie auch ich das immer irgendwie getan hatte. Sie ging jede Woche ins Gefängnis und hoffte, daß man ihren Mann so bald wie möglich freilassen würde.

Das einzig Erfreuliche für mich in dieser Zeit: Franco wurde im Herbst 1990 nach sechs Monaten in Haft endlich auf freien Fuß gesetzt. Wegen seines Aufenthaltsverbotes auf Sizilien fuhr er zu seinem Vater nach Sardinien. Da ich kein Telefon hatte, ging ich jeden Abend zu meinen Schwiegereltern. Wir saßen beisammen, redeten und warteten auf einen Anruf Gaetanos.

Hiobsbotschaft

Eines Tages im Spätherbst traf ich im Haus der Schwiegereltern auch meine Schwägerin Graziella, die Schwester meines Mannes. Als mein Schwiegervater von der Arbeit kam, gab es Abendessen. Es war schon fast neun Uhr, und mein Mann hatte sich noch immer nicht telefonisch gemeldet. Ich fing allmählich an, mir Sorgen zu machen, was meiner Schwägerin nicht entging. Nach und nach rückte sie damit heraus, daß es eigentlich kein Wunder sei, wenn mein Mann sich nicht mehr regelmäßig bei mir meldete. Er habe nämlich auf Sardinien eine andere Frau, die sogar ein Kind von ihm bekäme.

Ich traute meinen Ohren nicht. Ich kann nicht beschreiben, was ich in diesem Moment fühlte. Dafür gibt es einfach keine Worte. Nur wer schon einmal die gleiche Erfahrung durchgemacht hat, kann begreifen, wie unerträglich sie ist. Ich fühlte mich so erniedrigt und verfiel in tiefste Verzweiflung. Das Gefühl, das mich in diesem Moment beherrschte, war Schmerz, aber gleichzeitig war ich auch von einem unbändigen Haß erfüllt. Es tat so weh, weil ich an all die Male denken mußte, da er mich betrogen hatte und ich ihm – dumm wie ich war – vergeben hatte.

Dann klingelte endlich das Telefon. Gaetano war dran. Ich konfrontierte ihn sofort mit dem ungeheuerlichen Sachverhalt. Auf meinen Vorwurf, wie er mir so etwas antun könne, ein Kind mit einer anderen Frau zu zeugen, stritt er erst mal alles ab. Doch ich war mir sicher, daß Graziella mir die Wahrheit erzählt hatte. Ich forderte ihn auf, mich mit einem meiner Söhne sprechen zu lassen, und Gaetano holte Franco an den Apparat. Ich mußte einfach Klarheit haben, und ich wußte, daß mein Sohn mich als seine Mutter niemals angelogen hätte, wenn es um eine so schwerwiegende familiäre Geschichte ging. Tatsächlich bestätigte er mir alles, obwohl sein Vater hinter ihm stand.

Ich fragte Franco, warum er bisher kein Sterbenswörtchen

mir gegenüber habe verlauten lassen. Er antwortete, sowohl er als auch Marco hätten mich nach allem, was ich schon durchgemacht habe, vor weiterem Leid bewahren wollen. Mein Sohn versuchte mich zu trösten und sagte mir, ich solle mir keine Sorgen machen. Die Geliebte meines Mannes würde das Kind sicher abtreiben, und dann würde sich alles schon irgendwie wieder einrenken.

Als ich nach Hause ging, war ich völlig am Ende. Ich wollte mir ernsthaft das Leben nehmen. Aber dann sah ich im Geiste die Gesichter meiner vier Kinder vor mir und fand einfach nicht den Mut, sie allein zu lassen. Nachdem ich mich so um den Zusammenhalt der Familie bemüht hatte, konnte ich ihnen doch nicht die Mutter nehmen, auch wenn ich als Ehefrau offenbar versagt hatte.

Zu später Stunde kehrte Simon heim. Mir tat es gut, ihn zu sehen. Ich erzählte ihm alles, und auch er war ehrlich bestürzt. Er nahm mich in den Arm und versuchte mich zu trösten. In der Nacht machte ich kein Auge zu und dachte an die Worte meiner Großmutter. Sie hatten sich bewahrheitet. Ich würde niemals glücklich werden, zumindest nicht, solange ich mit Gaetano zusammenbliebe.

Am nächsten Vormittag schaute Tiziana bei mir vorbei. Nachdem ich auch ihr berichtet hatte, fragte sie, ob ich ganz sicher sei, oder ob es sich vielleicht doch nur um Gerüchte handele. Als sie erfuhr, daß Franco die ganze Affäre bestätigt hatte, war sie erst einmal sprachlos. Anschließend riet sie mir dringend, nach Sardinien zu fahren, um diesen Alptraum zu beenden. Wenige Tage später war es mein Mann selbst, der mich aufforderte, zu ihm zu kommen. Noch in derselben Woche machte ich mich gemeinsam mit Simon auf den Weg.

Eifersucht

Als wir in Carbonia ankamen, erwarteten uns schon alle. Ich begrüßte meine Kinder und gezwungenermaßen auch Gaetano, wenn auch nicht eben herzlich. Als wir zwei allein waren, machte ich ihm Vorwürfe, daß er mir dies angetan habe. Er solle sich schämen: Wie nur könne er sich als vierfacher Vater und zweifacher Opa mit einer anderen Frau einlassen und diese auch noch schwängern? Er versicherte mir hoch und heilig, alles wäre aus, es gäbe nichts mehr zwischen ihm und ihr, sie hätte das Kind abgetrieben. Natürlich habe ich seinen Worten nicht getraut und verlangt, die Frau zu sprechen, aber dagegen war er absolut.

Dies war für mich der eindeutige Beweis, daß er mich nach wie vor schamlos anlog. Ich spürte, daß er keinerlei Absicht hatte, diese Frau aufzugeben. Ich versuchte verzweifelt, meine Rivalin zu treffen. Ich wollte wissen, was sie von meinem Mann erwartete, angesichts der Tatsache, daß sie bereits drei Kinder hatte und eines unter dem Herzen trug, er Vater von vier Kindern war und seit über 20 Jahren verheiratet. Zu einer Begegnung kam es jedoch nie.

Was sein Verhältnis anbelangte, so schwieg sich Gaetano dazu aus und er wagte auch nicht, in meiner Gegenwart dieses Thema anzuschneiden. Bei unseren zahllosen vorangegangenen Ehestreitigkeiten war er immer unfähig gewesen, sich zu entschuldigen oder auch nur einen seiner Fehler zuzugeben. Er offenbarte nie seine Gefühle, blieb immer völlig kalt. Für mich wäre es in dieser Situation schon ein Gewinn gewesen, wenn er mich um Vergebung gebeten, mich gestreichelt hätte oder sonst irgendeinen Ausdruck seiner Liebe gezeigt hätte.

Seine einzige Art, Zuneigung zu zeigen, waren stets Geschenke gewesen. Mein Mann pflegte mir jedesmal wertvollen Schmuck zu schenken, wenn er mich sehr verletzt oder betrogen hatte. Ein italienisches Sprichwort lautet: *Ogni fiore è segno d'amore* – Jede Blume ist ein Liebesbeweis. Mir hätte eine winzige Geste gereicht, um mich glücklich zu machen, wenn sie nur von Herzen gekommen wäre. Ein kleiner Blumenstrauß – mehr nicht.

Davon abgesehen verlief unser Familienleben wie gehabt. Nach dem Mittagessen pflegte sich Gaetano ein, zwei Stunden hinzulegen. Von daher fand ich es seltsam, als er auf einmal von dieser Gewohnheit abwich. Mir gegenüber erklärte er, eine Verabredung mit seinem Freund Francesco zu haben. Ich traute der Sache nicht und machte mich auf den Weg zu dessen Haus, aber das Auto meines Mannes fand ich dort nirgendwo in der Umgebung geparkt vor. Als ich danach an der Wohnung seiner Geliebten vorbeikam, habe ich mir gewünscht, blind zu sein, um nicht mit ansehen zu müssen, wie Gaetano aus diesem verhaßten Haus trat und in seinen Wagen stieg.

Er war ein notorischer Lügner, ich haßte ihn, aber ich haßte auch mich selbst, weil ich mir halbherzig und zugleich ungläubig vorgemacht hatte, alles sei aus zwischen ihm und seinem Liebchen. Deswegen war ich außer mir vor Zorn. Ich schrie los, Gaetano sah zu mir nur rüber, während er ins Auto stieg und losfuhr. Ich rannte ihm nach. Zu Hause angekommen, ließ ich meiner Wut freien Lauf. Ich konnte einfach nicht mehr. Ich schleuderte Gaetano alles, was ich empfand, ins Gesicht, bis er mir eine knallte, um danach, die Tür hinter sich zuschlagend, das Haus zu verlassen.

Scheidung – und dann?

Der Schmerz war groß, meine Wut war noch größer. Ich dachte, jetzt sei endgültig der Zeitpunkt gekommen, Gaetano zu verlassen. Dann jedoch, wie schon so häufig, kam mir in den Sinn, daß ich ja nirgends hingehen konnte und im Grunde ganz allein auf mich gestellt war.

Auf Sardinien kannte ich außerhalb der Welt meines Mannes keine Seele, und auch in Gela gab es jenseits der Familie kaum Kontakte. Die einzige Freundin, mit der ich mich häufiger traf, war die Frau des Geschäftspartners meines Mannes. Ich hatte natürlich viele Bekannte, aber die waren mir nicht wirklich nahe. Ich kannte auch nur zwei deutsche Frauen. Die eine war meine Schwägerin, die Frau eines Bruders meines Mannes, die fünf Jahre lang gleich gegenüber gewohnt hatte, die andere wohnte in Butera, einem Dorf in der Nähe von Gela, aber ich habe mich eher selten mit ihr getroffen.

Ich war auch schon ewig nicht mehr in Lüneburg gewesen. Im Grunde hatte ich längst alle Brücken zu meiner Heimat abgebrochen. Auf meine Mutter konnte ich ja nicht zählen. Meine Großmutter, meine Tante Elsa und mein Onkel Kurt waren tot, nur meine Tante Hedi lebte noch, aber sie war schon alt. In den ersten Jahren auf Sizilien hatte ich oft Heimweh nach Deutschland gehabt und Kontakt zu Tante Hedi gehalten. Das heißt: Ich habe sie regelmäßig angerufen, und wann immer es irgendwie möglich war, bin ich für vier, fünf Tage nach Lüneburg gefahren, um sie zu besuchen. Aber das war schon lange her. Aus Heimweh habe ich mir auf Sizilien auch deutsche Zeitungen gekauft, falls ich sie bekam. Am Anfang hatte ich auch Kontakt zu einer deutschen Gemeinde gesucht, nur die gab es in Gela nicht. Ich bin ja gläubig und evangelisch, aber die evangelischen Kirchen sind auf Sizilien ganz anders als bei uns. Die Mitglieder der evangelischen Gemeinde von Gela dürfen sich nicht schminken und feiern keinen Karneval und taufen ihre Kinder auf ganz andere Weise als wir. Also kurz und gut: Es gab niemanden, der mir hätte beistehen können, wenn ich meinen Mann und meine Familie verlassen hätte. Die einzigen Menschen, die mir wirklich nahestanden, waren meine Kinder. Ich beschloß deshalb, meinen Mann nicht mehr so wichtig zu nehmen.

Das einzig wirklich Wichtige für mich blieb, meine Kinder glücklich zu sehen. Marco hatte sich inzwischen mit einem netten Mädchen aus Carbonia verlobt, und sie hatten die Absicht zu heiraten. Ich freute mich schon auf die kirchliche Trauung, nachdem ich bei Tiziana auf dieses Mutterglück hatte verzichten müssen, weil sie ihr Jawort nur vor dem Standesamt geben durfte.

Das Spielhallen-Massaker

Weil ich mit meinem Problem und meinem Schmerz so beschäftigt war, ahnte ich nicht einmal, daß Marco in dieser Zeit eine noch schlimmere Sünde beging als mein Mann, der mich so schamlos betrog. Während ich mir die schönsten Hoffnungen hinsichtlich der Zukunft meines ältesten Sohnes machte, hatte er sich diese Zukunft längst verbaut.

Mein Mann und meine Söhne hatten Ende 1990 ganz andere Sorgen als ich. Während ich auf Sardinien vor Enttäuschung und Eifersucht Höllenqualen litt, ging zu Hause in Gela der Mafiakrieg weiter. Eines Tages kamen mehrere Verbündete aus Sizilien zu einem Treffen in Gaetanos Wohnung auf Sardinien zusammen. Sie hatten erfahren, daß die *Cosa Nostra* einen entscheidenden Anschlag auf die *Stidda* plante, und schlugen vor, der *Cosa Nostra* durch eine Aktion zuvorzukommen, die Giuseppe Madonia endgültig zeigen sollte, welche die stärkere der beiden Mafiaorganisationen war.

Marco war sofort bereit, an diesem Vergeltungsschlag mitzuwirken. Er flog heimlich und unter falschem Namen zunächst nach Rom und von dort aus nach Sizilien. Am 27. November 1990 nahm er mit mehr als 20 Verbündeten an einer Einsatzbesprechung teil, die in einer Wohnung in Gela stattfand. Gegen Nachmittag stand der Plan fest. Vier Killergruppen wurden eingeteilt, die in den kommenden Stunden so viele von den Gegnern wie möglich töten sollten. Insgesamt wurden bei diesen Attentaten acht Mitglieder der *Cosa Nostra* getötet und sieben weitere verletzt. Das größte Blutbad richteten die Verbündeten meines Mannes in einer Spielhalle am Corso Vittorio Emanuele in Gela an, in der lauter Teenager an Daddelautomaten standen. Dort wurden drei Menschen erschossen und vier verletzt.

Mein Sohn Marco hat später vor Gericht gestanden, wie die Sache ablief: Als es dunkel war, begaben sich alle auf getrennten Wegen zu einer Garage, in der Waffen und Fahrzeuge bereitgestellt waren. Mein Sohn Marco stieg mit seinem Freund Vincenzo Spina auf eine Yamaha 600. Zu ihrem Trupp gehörten noch Diego Morello und Orazio Paolello, die ebenfalls ein Motorrad benutzten.

Alle vier fuhren zu dem Haus der mit ihnen verfeindeten Familie Trubia. Auf der Türschwelle stand gerade ein Schwager der Familie namens Luigi Blanco. Paolello hat ihn einfach abgeknallt. Aus dem oberen Stockwerk warf jemand einen schweren Terracottatopf herunter, der nur knapp den Kopf meines Sohnes verfehlte. Wenig später entdeckte mein Sohn von seinem Motorrad aus in der Via Venezia ein anderes Mitglied der *Cosa Nostra*. Marco hat diesen Mann, der Francesco Rinzivillo hieß, mit seiner Luger vom Kaliber 9 mm erschossen. Danach sind alle Mitglieder dieser Todesschwadron zu einem verabredeten Treffpunkt gefahren und haben sich zusammen die Nachrichten im Fernsehen angeschaut, in denen über die Blutbäder berichtet und gerätselt wurde.

Marco flog dann unter falschem Namen und mit einem gefälschten Personalausweis wieder zurück. Den brauchte er auch, denn tatsächlich wurde er in Rom von der Flughafenpolizei kontrolliert. Aber die Beamten hatten an seinem Dokument nichts zu beanstanden.

Auch unser Jüngster, Simon, war damals auf Sardinien schon lange kein Unschuldsknabe mehr. Ich habe das natürlich ebenfalls nicht geahnt. Aber in Carbonia hatte er, als er gerade mal Geld brauchte, zusammen mit einem Freund einen bewaffneten Raubüberfall auf eine Tankstelle verübt. Umgerechnet 700 Mark haben die beiden erbeutet.

Unterdessen erledigte sich die Geschichte zwischen meinem Mann und dessen Geliebter von selbst. Vermutlich, weil sich sein Zwangsaufenthalt auf Sardinien dem Ende zuneigte, trennte Gaetano sich von ihr. Aber unsere Ehe war zerrüttet wie niemals zuvor. Es gab zwischen uns so gut wie kein Gespräch mehr, und wenn, dann beschränkte es sich auf das Notwendigste.

Rückkehr aus der Verbannung

Im Mai 1991 kehrten wir endlich nach Gela zurück. Marco und Franco mußten wegen der verordneten Dauer der Verbannung weiterhin auf Sardinien bleiben. In meinem Zuhause angekommen, stieß ich einen Seufzer der Erleichterung aus. Jetzt hoffte ich, die ganze Sache mit meiner Nebenbuhlerin so schnell wie möglich zu vergessen und nicht mehr an sie zu denken.

Gaetano wollte uns ein Haus bauen. Er hatte schon früher ein 2 700 Quadratmeter großes Baugrundstück in Meeresnähe erworben, und jetzt sollten bald die Arbeiten beginnen. Aber ich war nicht so versessen darauf, umzuziehen: Für mich war unsere Wohnung gut genug. Ich träumte nicht von Luxus. Bis auf eine Ausnahme vielleicht. Ich hatte mir immer gewünscht, zu unserer Silberhochzeit 1993 eine richtige Kreuzfahrt zu unternehmen. Denn eine Hochzeitsreise hatten Gaetano und ich ja nie gemacht, und auch sonst waren wir in all den Jahren nie zu zweit irgendwo im Urlaub gewesen. Als wir noch in Deutschland lebten, verbrachten wir unsere Ferien bei Gaetanos Familie auf Sizilien, seitdem wir auf Sizilien wohnten, waren wir nach Deutschland in Urlaub gefahren, um meine Verwandten zu besuchen. Na ja, und in den letzten Jahren war von Urlaub natürlich keine Rede mehr gewesen.

Im Moment allerdings lag mir vor allem das Wohlergehen meiner Kinder am Herzen, und endlich hatten wir einmal Glück. Das Gesetz für Zwangsaufenthalte wurde geändert. Die Strafe mußte nicht mehr zwingend außerhalb der eigenen Region verbüßt werden. Meine Söhne wurden nach Milena geschickt, einem kleinen Bergdorf bei Caltanisseta. Sie hatten große Schwierigkeiten, eine Unterkunft zu finden. Niemand wollte ihnen Wohnraum vermieten, und so mußten sie zunächst im Umkleideraum eines Sportplatzes schlafen. Trotzdem beruhigte mich der Gedanke, daß sie sich nur noch 150 Kilometer entfernt von mir aufhielten. So konnte ich sie oft besuchen.

Marcos Verlobte war ihm nach Milena gefolgt. Die beiden begannen mit ihren Hochzeitsvorbereitungen. Marco ersuchte den zuständigen Richter um die Erlaubnis, sich nach Carbonia begeben zu dürfen, um dort zu heiraten. Wir waren alle ganz begeistert von der Idee, eine richtig schöne Hochzeit zu erleben. Ich dachte, daß nun zumindest einer meiner Träume wahr werden würde. Das Datum war bereits für den Oktober festgelegt, wir hatten die Einladungen verschickt, das Hochzeitskleid war fertig, ebenso der Anzug für Marco. Das ganze Fest war organisiert. Dann jedoch lehnte der Richter das Gesuch ab. Marco war verzweifelt, als er mir die Nachricht am Telefon mitteilte. Obwohl ich selbst genauso enttäuscht war wie er, versuchte ich ihn zu trösten. Er hatte ja nur einen einzigen Tag genehmigt bekommen wollen, aber der Richter war einfach hart geblieben.

Als ich mich noch über dieses Unglück grämte, ereilte mich

ein weiterer Schicksalsschlag. Simon wurde verhaftet, obwohl er erst 15 Jahre alt war. Ich fand das unglaublich. Nicht im Traum wäre mir eingefallen, daß mein Jüngster in den vergangenen vier Monaten, während ich mich mit den Bauplänen für unser neues Haus und mit den Hochzeitsvorbereitungen für meinen Sohn beschäftigte, im Auftrag meines Mannes und anderer reihenweise Menschen ermordet hatte.

Die Morde meines Jüngsten

Nachdem wir im Mai aus Sardinien zurückgekehrt waren, wollte Simon nicht mehr länger die Schule besuchen, und mein Mann war damit einverstanden. Simon ging ihm fortan zur Hand, denn Gaetano übernahm in Gela sofort wieder das Kommando. Seine Organisation war stark wie nie zuvor. So mächtig, daß sich sogar Politiker an meinen Mann wendeten. Da gab es zum Beispiel einen Abgeordneten namens Filippo Butera, der bot 50 000 Mark an, damit die Organisation meines Mannes bei den Kommunalwahlen genug Stimmen für seine Wiederwahl besorgte. Über einen Doktor aus dem Krankenhaus von Gela, der meinem Mann sehr verbunden war, bekam Gaetano 10 000 Mark als Anzahlung. Butera wurde wiedergewählt und kam in die regionale Antimafia-Kommission. Da ließ Gaetano ihn wissen, daß er den Rest der vereinbarten Summe nicht haben wollte. Statt dessen sollte sich der Abgeordnete lieber darum kümmern, daß bestimmte Gerichtsverfahren eingestellt würden.

Die guten Kontakte meines Mannes zum Krankenhaus von Gela haben übrigens nicht nur dafür gesorgt, daß unsere Familie immer bestens behandelt wurde. Sie haben im Juli 1991 auch einem Verbündeten meines Mannes das Leben gerettet. Der hatte nämlich zu einer Gruppe gehört, die das Attentat in

Racalmuto ausführte, bei dem gleich drei *Cosa Nostra*-Mitglieder und aus Versehen auch ein Straßenverkäufer aus Marokko ermordet wurden. Dieser Killer, der zur *Stidda* gehörte, war bei der Schießerei ziemlich schwer verletzt worden. Natürlich konnte er sich nicht einfach in ein Krankenhaus begeben, sondern mußte sich verstecken. In einer Privatwohnung nahm ein Arzt, der Stillschweigen garantierte, sich seiner an. Blutplasma wurde dringend benötigt, mein Mann entsprechend informiert. Gaetano besorgte sofort unterderhand die gewünschte Menge im Krankenhaus von Gela.

Aber eigentlich wollte ich ja von Simon berichten, obwohl mir das am schwersten fällt. Also Simon, mein begabtester Sohn, trat im Sommer 1991 endgültig in die Fußstapfen seines Vaters und begann eine Karriere als Killer.

Ich weiß bis heute nicht genau, was mein Sohn alles angestellt hat, und – vielleicht kann manche Mutter mir das nachfühlen – ich möchte es auch nicht wissen. Fest steht, daß Simon sich damals schon stark und unverletzlich fühlte. Die ganze Stadt zitterte vor meinem 15jährigen Sohn. So ging er zum Beispiel, wann immer er Lust auf eine neue Ray-Ban-Sonnenbrille, auf eine Lederjacke, auf einen Designeranzug hatte, einfach in die Läden in der Einkaufsstraße von Gela, ließ sich bedienen und nahm mit, was ihm gefiel, ohne zu bezahlen. Er klaute am hellichten Tag Vespas und Motorräder, wann immer sie gebraucht wurden. Vor allem aber hatte er in seinem Invicta-Rucksack eine Pistole, mit der er Menschen erschoß.

Am 15. Juni hat mein Sohn Simon gemeinsam mit seinem Freund Nunzio vor einer Pizzeria in Gela darauf gewartet, daß Calogero Pulci, ein *Cosa Nostra*-Mitglied und Politiker, aus dem Lokal trat. Dann streckte er ihn mit mehreren Kopfschüssen nieder. Bei dem Attentat wurde sein Freund Nunzio verletzt. Simon brachte den blutenden Nunzio mit zu uns nach Hause, um ihn zu versorgen, denn ich war an dem Tag nicht da, weil ich meine anderen Söhne in Milena besuchte, wobei wir über das Hochzeitsmenü sprachen.

Ebenfalls noch im Juni hat Simon beim Mord an Emanuele Cirignotta Beihilfe geleistet. Und im Juli hat er innerhalb von einer Woche nacheinander gleich zwei junge Männer ermordet, die zum gegnerischen Mafiaclan gehörten: Die Brüder Angelo und Alberto Ficarra.

Am 27. September hat Simon den Ladenbesitzer Matteo Alessi in dessen Tapeten- und Polstereigeschäft erschießen wollen. Alessi überlebte die Schußverletzung. Bei dem Attentat hat Simon aber auch Alessis Kundin, eine junge Frau, und deren zwei Kleinkinder verletzt.

Gaetano sagt, Simon sei in diesen Wochen so blutrünstig gewesen, daß er ihn sogar einmal von einem Mord habe abhalten müssen. Gaetano traf Simon zufällig auf der Straße, und unser Sohn sagte ihm, er wäre gerade auf dem Weg, den Geschäftsmann Pardo umzulegen, weil der seine Schutzgeldrate nicht bezahlt hatte. Simon hatte von einem Partner meines Mannes den Auftrag erhalten, Pardo zu köpfen und den Kopf auf dem Marktplatz aufzuspießen. Als Warnung an alle anderen Unternehmer in Gela. Mein Mann hielt Simon von dieser Tat ab, weil er der Meinung war, sie würde für zuviel Aufsehen und zuviel Antimafia-Stimmung sorgen.

Wenige Tage später stand die Polizei vor der Tür und führte meinen Sohn ab. Aber die Staatsanwaltschaft hatte nichts gegen ihn in der Hand. Nach sechs Wochen, am 10. November 1991, wurde Simon aus der Haft entlassen. Ich hatte nicht daran gezweifelt, daß er bald freigelassen würde, denn ich war ja sicher gewesen, daß er ein unschuldiger Junge war.

Gela: Zeitungskiosk am Tag nach der Spielhallentragödie.
La Sicilia am 28.11.1990 unter der Schlagzeile »Massaker in
Gela, acht Tote«: »Ein erschütternder Terrorabend in der
ganzen Stadt. Die Killer haben wild um sich geschossen und
auch Unschuldige getötet.

Eine der Leichen in der Spielhalle.

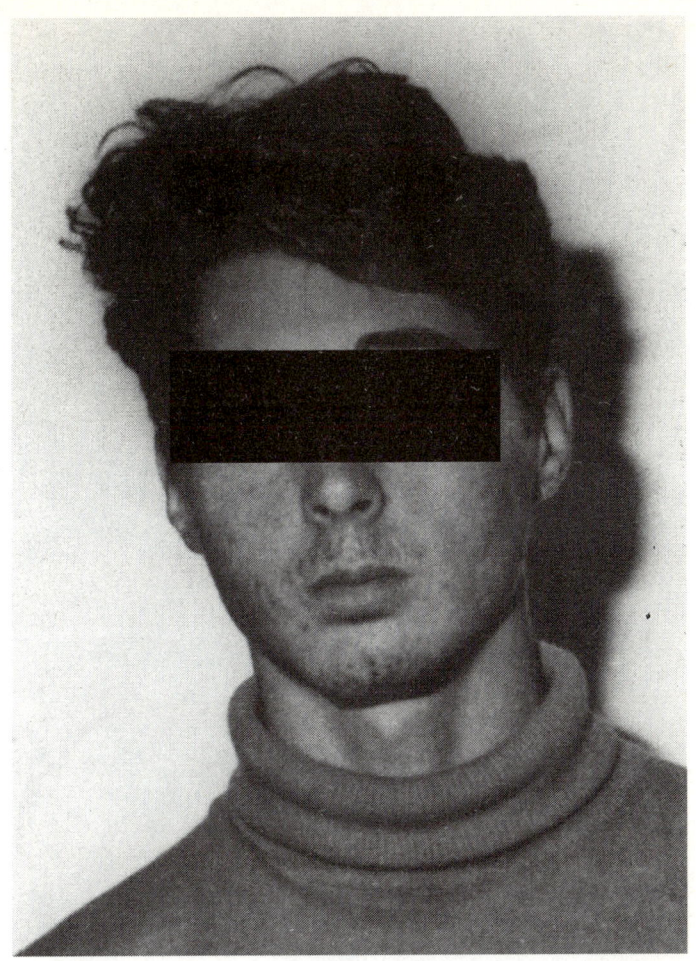

Marco, geboren am 26.3.1968 in Lüneburg, dessen *Stidda*-Mordtaten im März 1989 begannen.

Tatortaufnahme vom Mord an Francesco Rinzivillo in Gela.

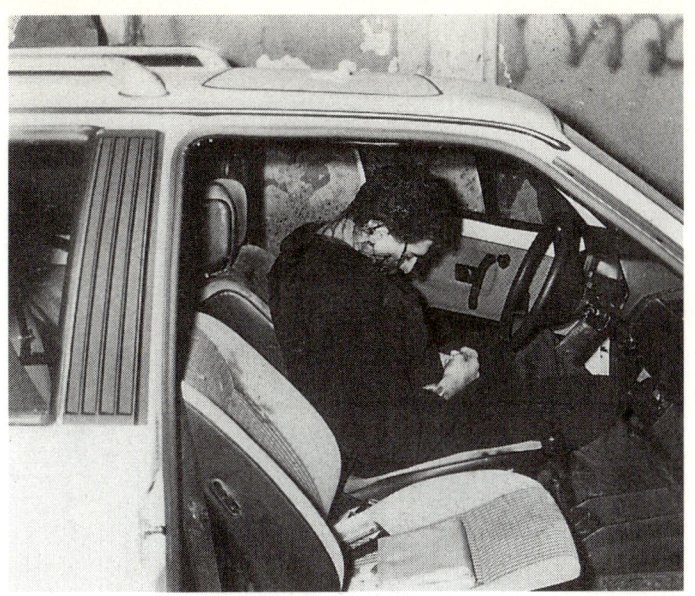

Porto Empedocle, der Mord »Volpe«.

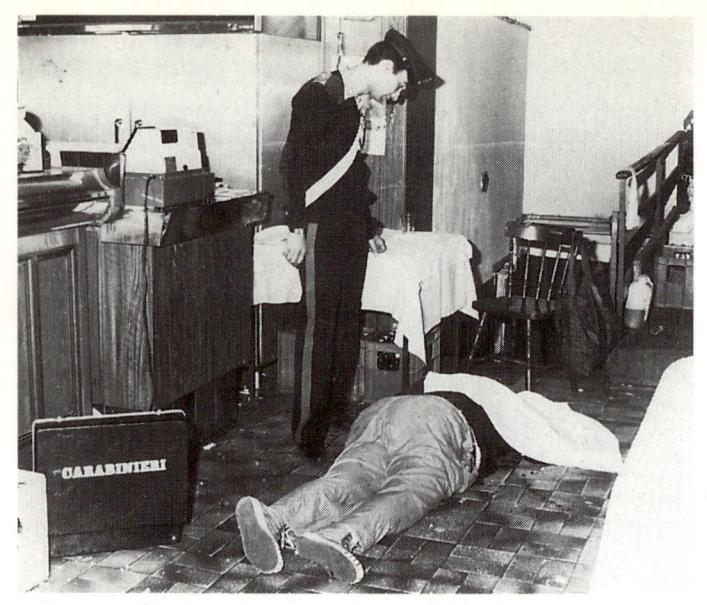

Ein weiteres Opfer des Krieges zwischen *Cosa Nostra* und *Stidda* in Porto Empedocle.

Die »Bar 2000« in Palma di Montechiaro, die zum
Schauplatz des Blutbades wurde.

Eines der Opfer in Palma di Montechiaro.

Palma di Montechiaro, die Polizei bei der Leiche Camiolos.

Wir waren alle so froh und wollten Simons 16. Geburtstag am 14. November zu einem ganz besonderen Fest machen. Genau an jenem Tag klingelte aber dann die Polizei bei uns, um fünf Uhr morgens schon, was mich in Panik versetzte. Ich dachte sofort an eine Hausdurchsuchung oder – schlimmer noch – an eine neuerliche Verhaftung meines Mannes. Gaetano ging selbst hinunter, um mit den Polizisten zu reden, und als er wieder hochkam, sagte er mir, ich solle eine Tasche für Marco packen.

In jener Nacht hatte eine Polizeirazzia stattgefunden, bei der mein ältester Sohn Marco verhaftet worden war. Ausgerechnet an Simons Geburtstag.

Ich fühlte mich wirklich vom Pech verfolgt. Ich hatte nicht einmal mehr die Kraft zu beten. Ich konnte nicht mehr an Gott glauben. Schweren Herzens packte ich die Tasche und ging dann zusammen mit meinem Mann zum Kommissariat. Ich wollte unbedingt die Gründe für die Verhaftung wissen, aber das war unmöglich, denn man ließ uns noch nicht mal in Marcos Nähe. Vor dem Eingang zum Kommissariat wimmelte es von Journalisten und Fotografen.

Ganz undeutlich sah ich meinen Sohn für einen winzigen Augenblick, wie er hinter dem Fenster nervös im Zimmer auf und ab lief. Wir grüßten uns kurz durch Handzeichen. Er schien furchtbar besorgt zu sein, und er hatte auch allen Grund dazu. Denn später erfuhren wir, daß er des furchtbaren Blutbades, das vor knapp einem Jahr, am 27. November 1990, stattgefunden hatte, beschuldigt wurde. Die Polizei hatte irgendwie herausgefunden, daß er zu den Killern gehörte. Marco drohte somit eine lebenslängliche Haftstrafe.

Ich war natürlich sicher, daß er mit dem Massaker nichts zu tun haben konnte: Schließlich war er ja meiner Meinung nach zur Tatzeit auf Sardinien bei meinem Mann gewesen.

Meine Kinder waren in meinen Augen anständige Menschen,

und ich hielt mich an dem Glauben fest, daß ihre Verhaftungen etwas waren, was sie von meinem Mann sozusagen geerbt hatten, bedingt auch durch ihren Familiennamen. Ich wußte, daß mein Mann schon immer krumme Dinger gedreht hatte, aber ich glaubte einfach nicht, daß meine Söhne Straftaten begangen hatten.

Noch am gleichen Nachmittag fuhr ich nach Milena, um Rossana, Marcos hochschwangere Freundin, zu beruhigen und sie mit nach Gela zu nehmen.

Sie erzählte mir, daß die Polizei um drei Uhr morgens gekommen sei. Das war eigentlich nichts Außergewöhnliches, denn schließlich stand Marco unter besonderer Überwachung und mußte jederzeit mit Kontrollen rechnen. In jener Nacht waren sie aber nicht wegen einer Routinekontrolle gekommen. Sie hatten Marco gesagt, er solle sich anziehen, um auf dem Polizeipräsidium einige Papiere zu unterschreiben. Als er aber dann die Treppen herunterkam, hatte man ihm vor den Augen seiner schwangeren Freundin Handschellen angelegt.

Einige Wochen später fuhr Rossana zurück nach Sardinien und brachte dort meine Enkelin zur Welt. Armes Mädchen: Sie hatte damals doch eigentlich schon verheiratet sein wollen, und sie hatte sich gewünscht, daß Marco bei der Geburt dabeigewesen wäre. Statt dessen hatte sie eine uneheliche Tochter von einem Mann, der im Gefängnis saß und wahrscheinlich nicht wieder herauskommen würde.

Auch mein Leben wurde immer grauer: Eines Abends – wir kamen gerade von Besuchen bei Marco im Gefängnis und dem nach wie vor verbannten Franco todmüde nach Hause zurück – sagte Gaetano mir, ich solle noch rasch ein warmes Essen zubereiten. Er wolle unterdessen etwas spazierengehen. Obwohl ich lieber gleich schlafen gegangen wäre, kochte ich etwas und wartete dann im Wohnzimmer auf Gaetanos Rückkehr, wobei mir fast die Augen zu fielen. Endlich kam er. Ich wollte gerade auftischen, als er mir sagte, ich solle ihm sofort eine Tasche mit den üblichen Utensilien packen. Er müsse weg, weil er erfahren habe, daß eine nächtliche Polizeiaktion anstünde, bei der man auch ihn verhaften würde.

Alles war wie ein Alptraum. Kurz nachdem Gaetano die Flucht angetreten hatte, drang die Polizei in unser Haus ein. Man stellte mir viele Fragen, wollte von mir wissen, wo sich mein Mann befände, und vor Angst schlotternd bekannte ich, darüber nichts zu wissen. Die Beamten haben dann die ganze Wohnung durchsucht, alles auf den Kopf gestellt und sind wieder abgezogen. Die Ungewißheit während der nächsten Tage machte mir schwer zu schaffen, bis endlich mein Mann einen Freund bei mir vorbeischickte, der mitteilte, daß Gaetano sich im sizilianischen Caltagirone versteckt hielt.

Leben im Untergrund

Der Bote sagte mir, es sei möglich, meinen Mann dort zu besuchen. In seiner Begleitung brach ich gleich am nächsten Morgen auf.

In der Wohnung, die ihm als Unterschlupf diente, befand mein Mann sich in Gesellschaft mir unbekannter Männer. Gaetano schärfte mir ein, bei zukünftigen Besuchen sehr vorsichtig vorzugehen, da es sein könne, daß die Polizei versuche, sich an meine Fersen zu heften. Ich müsse mich immer versichern, daß das Auto stets abgeschlossen sei, um zu verhindern, daß jemand Wanzen anbringe.

Die Monate gingen ins Land. Meinen Mann zu besuchen war nicht einfach. Wenn ich mit dem Auto fuhr, wurde ich oft von der Polizei angehalten, die immer nach irgend etwas suchte. Mir war es jedesmal entsetzlich peinlich, wenn ich damals mitten auf der Straße aussteigen mußte und kontrolliert wurde. Ich wurde auch beschattet. Die Polizei dachte wahrscheinlich, daß ich sie geradewegs zu meinem Mann führen würde. Gaetano hatte mich jedoch bei unseren heimlichen Treffen einer Art Schulung unterzogen und mir beigebracht, wie ich es vermeiden könnte, daß man mir folgte. Er hatte mir erklärt, was ich tun mußte, falls ich ein auffälliges Auto hinter mir sähe, und wie ich es abschütteln könne. Einmal hat es nicht ganz geklappt. Als ich das Versteck meines Mannes erreichte, fuhr ein Helfer ganz schnell den Wagen in eine Garage. Wenig später kreiste ein Hubschrauber am Himmel, um dessen Spur aufzunehmen.

Gaetano mußte dauernd das Quartier wechseln, um der Verhaftung zu entgehen. Es existierten diverse Haftbefehle wegen sehr schwerer Delikte gegen ihn. Bei meinen Besuchen bei ihm fiel auf, daß die Männer um ihn herum allesamt bis an die Zähne bewaffnet waren. Langsam wurde mir klar, daß mein Mann wirklich ein wichtiger Mafioso war. Aber ich wußte, daß ich daran sowieso nichts mehr ändern konnte, denn das hatte ich in der Vergangenheit schließlich oft genug vergeblich versucht. Mir blieb nur die Hoffnung, daß meine Söhne, wenn sie aus der Haft entlassen würden, ein Leben in der Legalität führen würden. In meinen Augen waren meine Kinder ganz anders als mein Mann.

Aber ich begann zu verstehen und verband die Fakten, die ich den Medien entnahm, mit jenen, die ich jeden Tag erlebte, und ich muß sagen, daß viele Dinge übereinstimmten. Ich hatte das vorher einfach nicht verstehen wollen. Gaetano hatte mir ja auch nie etwas erzählt. Ich wurde erst jetzt mit einbezogen, seit ich ihn heimlich besuchte. Ich hatte Angst. Er versuchte mich zu beruhigen. Selbst wenn mir die Polizei auf die Spur kommen sollte, würde mir nichts passieren können. Aber ich hatte trotzdem Angst. Dieses Gefühl war einfach stärker als ich.

Gleichzeitig kümmerte ich mich um juristischen Beistand für Marco. Ich sprach lang und breit mit den Verteidigern über Beweismöglichkeiten für die Unschuld meines Sohnes. Jedesmal, wenn es in dieser Hinsicht Neuigkeiten gab, suchte ich meinen

Mann auf, um ihm zu berichten. Ich spielte den Vermittler und erzählte den Anwälten all das, was mein Mann mir aufgetragen hatte. Sechs Monate später saß Marco noch immer im Gefängnis, und wir beschlossen, Haftaussetzung bei Gericht zu beantragen, wurden jedoch schon nach wenigen Tagen kurz und knapp ablehnend beschieden. Aber ich gab die Hoffnung nicht auf, schließlich blieb noch eine letzte Möglichkeit, ehe es zum Prozeß kam: Wir konnten uns an den Kassationshof wenden. Das taten wir, und sowohl die Anwälte als auch ich selbst waren sehr zuversichtlich. Mit der Begründung, es gäbe schwerwiegende Indizien für die Schuld meines Sohnes, die es vorerst nicht erlaubten, ihn auf freien Fuß zu setzen, ließ die Oberste Instanz uns abblitzen. Ich wußte nicht mehr, was ich tun sollte.

Mein Mann war untergetaucht, Franco befand sich in der Verbannung, Marco saß im Gefängnis, und meine Tochter Tiziana litt, weil ihr Mann ebenfalls unter Mafiaanklage stand. Ich begann mich selbst aufzugeben, mich immer mehr zu verschließen. Ich wollte von irgend jemandem getröstet werden, aber den gab es nicht.

Gaetano war mittlerweile der Boden auf Sizilien doch zu heiß geworden. Um der drohenden Verhaftung zu entgehen, hatte er sich nach Turin abgesetzt. Er war mit einem Bus bis nach Rom und von dort weiter mit dem Zug gefahren, weil die Benutzung von Flugzeugen zu gefährlich für ihn gewesen wäre, obwohl auch er natürlich einen gefälschten Ausweis besaß. Aber als untergetauchter Pate stand er inzwischen ja ganz oben auf der Fahndungsliste der italienischen Polizei.

Unsere Kontakte verringerten sich auf ein Minimum. Er rief nie an, weil unsere Telefone schon oft abgehört worden waren. Telefongespräche wären ein Risiko gewesen, denn man hätte die Leitungen anzapfen und so seinen Aufenthaltsort entdecken können. Manchmal kam ein Freund meines Mannes vorbei, um mir Haushaltsgeld zu bringen. Ansonsten war ich allein. Simon sah ich selten.

Sucht und Verhaftung

Im Sommer 1992 war ich mehr tot als lebendig. Abends trank ich Alkohol, denn die Flasche schien mir eine Freundin zu sein, der ich mich anvertrauen konnte. Tagsüber besuchte ich entweder meinen Sohn Franco, der ja noch immer in Milena unter Hausarrest stand, oder Marco im Gefängnis. Nach Hause zurückgekehrt, fuhr ich fort, zu trinken und Unmengen Zigaretten zu rauchen. Es war heller Wahnsinn, zumal ich fast nichts mehr aß.

Tiziana wußte nur zu gut, was ich mir antat. Daß ich mich damit hätte umbringen können, interessierte mich nicht. Meine Tochter versteckte die Bierflaschen vor mir, um zu verhindern, daß ich trank. Da ich sie trotzdem jedesmal fand, begann sie sie wegzuwerfen. Irgendwie tröstete mich das, aber mittlerweile war das Trinken das einzige geworden, was mir half. Ich war mir im klaren darüber, daß ich auf dem besten Weg war, eine Alkoholikerin zu werden. So ging es monatelang, bis ich anfing zu begreifen, daß der Alkohol eine sehr dumme Sache ist. Er tröstete mich zwar, aber eben nur in den Stunden, in denen ich trank. Mir wurde bewußt, daß ich mich so nicht länger gehenlassen durfte. Nur durch Tizianas Hilfe habe ich das begriffen. Sie machte mir deutlich, daß ich nach all den Jahren, in denen ich um meine Familie gekämpft hatte, nun dabei wäre, alles zunichte zu machen. Das traf mich wie ein Keulenschlag, und als sie mich daran erinnerte, daß die Kinder mich doch bräuchten, gab sie mir damit eine große Kraft.

Diesen Satz hat sie niemals wiederholen müssen, denn genau in diesem Moment beschloß ich, sowohl mit dem Trinken als auch mit dem Rauchen aufzuhören. Ich schaffte beides.

Mein Mann schickte mir aus Turin mittels eines Freundes ein Foto, auf dem wir beide zu sehen waren, und ich verstand sofort, was diese Botschaft bedeutete. Eine Woche später machten Simon und ich uns auf den Weg und bestiegen unter falschem Namen ein Flugzeug.

Am Flughafen von Turin erwarteten uns bereits Vertrauenspersonen meines Mannes, die wir noch nie gesehen hatten, die uns jedoch zu kennen schienen. Sie brachten uns zu ihm, und ich blieb etwa eine Woche bei meinem Mann. Dann meinte Gaetano, es wäre besser, wenn ich nach Sizilien zurückführe, vor allem, um wieder in der Nähe unserer Kinder zu sein. Simon blieb in Turin.

Sein 17. Geburtstag am 14. November 1992 rückte näher, und ich hoffte sehr, daß er zu mir nach Gela kommen würde. So hätten wir zumindest in diesem Jahr zusammen feiern können, was ja ein Jahr zuvor wegen Marcos Verhaftung nicht möglich gewesen war. Aber dann kam der 14. November, und mir wurde klar, daß Simon seinen Geburtstag bei seinem Vater verbringen würde. Ich saß gerade auf dem Sofa und schaute Fernsehen, als in den Nachrichten ein Foto von meinem Mann und Simon gezeigt wurde. In Handschellen.

Sie waren verhaftet worden. Ich war so geschockt, daß ich die Nachricht einfach nicht wahrhaben wollte. Ich schaltete das Radio an, um zu hören, ob dort die gleiche Meldung verbreitet wurde. Leider war dem tatsächlich so.

Ich hörte meine Schwiegermutter, die ja gleich gegenüber wohnte, nach mir rufen. Weinend ging ich zur Tür.

Simon wurde relativ schnell wieder freigelassen, während man meinen Mann in ein Hochsicherheitsgefängnis in Turin brachte. Einige Tage später kam mein Jüngster nach Hause, und ich war froh darüber. Rund eine Woche danach erhielt ich ein Telegramm meines Mannes, in dem er mich bat, ihn im Gefängnis zu besuchen und ihm frische Wäsche zu bringen. Nun stellte sich das Problem, daß ich ja nicht gleichzeitig meinen Mann in Turin und Marco, der in Sizilien einsaß, besuchen konnte. Simon schlug vor, mit ihm zusammen nach Turin zu fliegen und am gleichen Tag noch zurückzukommen, so daß wir am nächsten Tag Marco besuchen könnten. Wir brachen gleich auf. Wir hatten nur 15 Minuten Besuchserlaubnis und wechselten lediglich ein paar Worte.

Die Wende

Vierzehn Tage später reiste ich erneut zu meinem Mann, der jedoch ganz anders war als sonst. Normalerweise zeigte er sich immer kühl und gleichmütig, aber diesmal empfing er mich fast fröhlich. Ich blieb eine Stunde bei ihm. Er erzählte mir, daß er nun endgültig mit der Vergangenheit brechen wolle, daß er im Begriff sei, ein neues Leben anzufangen, indem er mit der Justiz zusammenarbeite. Ich verstand nicht genau, was das bedeuten sollte. Aber ich fand, es klang sehr gut.

Zurück in Gela berichtete ich Tiziana, was mir mein Mann gesagt hatte. Ich sagte ihr, daß ihr Vater sich wahrscheinlich als Kronzeuge zur Verfügung stellen wolle, aber auch, daß alles noch in der Schwebe sei. Sie antwortete, daß er damit uns alle in Gefahr bringen würde, die Kinder eingeschlossen. Ich war schockiert.

So vergingen die Tage, und ich erzählte meinen Söhnen vorerst nichts von dem Vorhaben ihres Vaters, vor allem, weil ja noch keine endgültige Entscheidung gefällt worden war. Außerdem hatte ich Angst vor ihrer Reaktion, denn ich fürchtete, daß sie die Kehrtwende ihres Vaters nicht akzeptieren würden und damit ein Riß durch die Familie ginge, der nicht mehr zu kitten war. Ich jedoch wußte, daß Gaetanos Entschluß die einzige Möglichkeit war, um meine Kinder für immer aus dem Klammergriff der Mafia zu befreien, die auf Sizilien auch *La Piovra*, die Krake, heißt.

Kurz vor Weihnachten 1992 kamen zwei Polizisten in Zivil zu mir, die mir sehr einfühlsam von der Entscheidung meines Mannes berichteten. Sie sagten mir, Gaetano sei gewillt, ein neues Leben zu beginnen, indem er mit der Justiz zusammenarbeite, aber auch, daß meine gesamte Familie dadurch in Gefahr sei und wir unmöglich in Gela bleiben könnten. Darauf war ich nicht vorbereitet gewesen. Alles passierte so schnell. Ich hatte ja noch nicht mit meinen Söhnen über die Sache gesprochen und konnte den Beamten deshalb nicht gleich eine Antwort geben. Die Polizisten waren sehr verständnisvoll, aber sie rieten mir, mit der Entscheidung nicht allzu lange zu warten. Zudem sollte ich niemandem von ihrem Besuch erzählen.

Ich machte mir lange Gedanken über die richtigen Worte, mit denen ich meinen Kindern die Neuigkeit beibringen könne. Simon war der erste, der davon erfuhr. Ich hatte ein wenig Angst vor seiner Reaktion, denn schließlich würde auch er den Ort verlassen müssen, an dem er aufgewachsen war und wo er seine Freunde hatte. Aber ganz entgegen meinen Erwartungen sagte er kein einziges Wort. Er war wie vom Blitz gerührt, aber wahrscheinlich dachte auch er, daß diese Entscheidung die beste sei. Sein Schweigen war eine Erleichterung für mich und machte mir Mut, den beiden anderen Söhnen die Nachricht zu überbringen. Franco war sofort damit einverstanden, ebenfalls zu kollaborieren.

Am nächsten Tag fuhr ich zum Gefängnis in Caltagirone zum Gesprächstermin mit Marco. Normalerweise muß man dort immer warten, und auch diesmal war es so. Es waren sogar sehr viel mehr Leute dort als sonst, weil Weihnachten vor der Tür stand. Darüber hinaus war es ein außergewöhnlich kalter Tag, aber ich faßte mich in Geduld und wartete darauf, daß ich aufgerufen würde. Am späten Nachmittag teilte man mir mit, Marco sei gar nicht mehr in diesem Gefängnis, sondern an einen anderen Ort verlegt worden. Ich war verärgert über die Nachricht, denn ich hätte doch unbedingt mit ihm sprechen müssen. In ein paar Tagen würden die Polizisten wieder vor der Tür stehen, denen ich einen Bescheid geben mußte.

Ich kehrte bedrückt nach Hause zurück und wäre am liebsten gestorben, als Tiziana mir mitteilte, daß sie ein Gespräch mit ihrem Mann geführt habe und dieser die Entscheidung Gaetanos nicht gutheiße. Für ihn sei Gaetano ein »schmutziger Verräter«. Filippo wollte nie und nimmer die Seiten wechseln. Meine Tochter sagte klipp und klar, sie fühle sich verpflichtet, bei ihrem Mann und den Kindern zu bleiben. Ich verstand ihre Haltung, aber sie brach mir das Herz.

Die Polizei ließ nicht lange auf sich warten. Sie kam noch am gleichen Abend und wollte eine Antwort von mir haben. Ich habe den Beamten gesagt, daß Tiziana nicht mit uns kommen würde; Marco hatte ich ja nicht gefunden, und alles war völlig unklar, aber Simon und ich seien auf jeden Fall zur Abreise bereit. Zwei Tage später sollten wir uns ganz früh morgens am Stadtrand einfinden und nur das Allernotwendigste mitbringen. Tiziana ließ uns nicht einen Augenblick allein und half mir, die Koffer zu packen. Dann kam die Stunde des Abschieds.

Abschied von Gela

Wir haben alle lange geweint und uns noch einmal ganz fest umarmt. Ich war mir nicht im klaren darüber, daß ich für immer mein Haus verließ. Am Vorabend hatte ich noch alle Zimmer auf Hochglanz gebracht, so als ob ich wiederkommen würde. Ich war sehr traurig; der Gedanke, Tiziana allein zurückzulassen, nahm mich furchtbar mit. Ich hatte schreckliche Angst, daß ihr etwas Schlimmes zustoßen könnte, und ich hatte ja auch allen Grund dazu, denn schließlich hatten mir die Polizisten ganz klar gesagt, daß jeder aus unserer Familie sein Leben riskierte, falls er in Gela blieb. Es kam damals noch nicht so oft vor, daß ein Mafioso sich entschloß, ein *Pentito* zu werden. Auch deshalb, weil die Kronzeugen immer für ihre Entscheidung zahlen mußten. Wenn sie nicht im Gefängnis umgebracht wurden, dann wurden ihre Angehörigen getötet. Auch Frauen und Kinder. Deshalb versucht die Polizei heute, gleich die ganze Familie in Sicherheit zu bringen, bevor sich die Nachricht vom Verrat herumspricht.

Wir fuhren in Gela mit unserem Auto los. Am Stadtrand warteten drei Autos auf uns, die uns bis zum Polizeipräsidium begleiteten. Dort blieben wir bis zum Spätnachmittag. Dann teilte man uns mit, daß wir unser Auto dort lassen mußten und die Reise im Flugzeug fortsetzen würden. Wir begaben uns zum Flughafen von Catania und gingen an Bord. Wir wurden zunächst einmal nach Rom gebracht und in ein Hotel einquartiert. Dort traf ich auch Gaetano. Er war gleich aus dem Gefängnis entlassen worden, denn als »Verräter« wäre er dort nicht sicher gewesen. Im Knast waren schon viele Mafiosi einfach erschlagen, erschossen oder vergiftet worden.

Nachdem wir lange in Hotels gewohnt hatten, bekamen wir eine bescheidene Wohnung zugeteilt. Ich weiß noch, wie schrecklich lang die Tage waren, denn ich durfte nicht rausgehen und auch sonst nichts unternehmen. Gaetano mußte ja ständig zur Staatsanwaltschaft und aussagen, aber ich? Ich habe viel ferngesehen und viel geweint. Denn ich mußte immerzu an Tiziana und ihre Kinder denken. Sie fehlten mir so sehr, und ich wußte, daß ich sie wahrscheinlich nie wiedersehen würde.

So ging das Leben weiter, und obwohl die Tage sich sehr langweilig dahinschleppten, lebten Gaetano und ich doch nach langer Zeit erstmals harmonisch und entspannt miteinander. Gaetano hatte sich verändert. Ganz offensichtlich stand er nicht mehr ständig unter Druck. Er war wirklich erleichtert, obwohl es für ihn wohl auch nicht so leicht gewesen ist, durch seine Aussagen alle die Menschen zu belasten, die bis kurz zuvor ja seine besten Freunde gewesen waren, für die er schließlich sogar getötet hatte. Nach nur wenigen Wochen begannen auch meine Söhne Marco und Simon mit der Justiz zusammenzuarbeiten.

Als man mir die Nachricht überbrachte, kam mir zum ersten Mal dieser schreckliche Verdacht: Wenn die beiden doch unschuldig sind, was können sie dann schon den Staatsanwälten erzählen? Ich tröstete mich mit dem Gedanken, daß sie vielleicht nur ihre Rechtslage abklären und deutlich machen wollten, daß sie mit den Dingen, die ihnen vorgehalten wurden, nichts zu tun hatten.

Gleichzeitig versuchte ich mich zu erinnern: Wir hatten doch alle zusammen Filme wie »Der Pate« und »Allein gegen die Mafia« im Fernsehen gesehen. Einmal hatten wir auch darüber gesprochen. Was hatten mein Mann und meine Söhne damals noch gesagt? Daß die Filme gut gemacht, aber völlig unrealistisch seien, weil die Mafia in Wirklichkeit viel roher sei, als im Fernsehen gezeigt, und nur jemand, der ihr wirklich angehöre, wissen könne, wie es in der Mafia tatsächlich zuginge.

Ich sprach endlich meinen Mann auf unsere Söhne an und fragte ihn, ob die Kinder jemals irgend etwas Kriminelles getan hätten. Eine Zeitlang schwieg er, aber dann erzählte er mir schließlich alles, was er in all den Jahren für sich behalten hatte. Mir gefror das Blut in den Adern, es rauschte in meinen Ohren. Ich war so enttäuscht. Ich hätte niemals gedacht, daß meine Söhne gewalttätig sein könnten. Ich war immer so begeistert von meinen Kindern gewesen. Viele Wochen lang war ich völlig verstört.

Aber nichts konnte die Wahrheit mehr ändern.

Was ist und war

Inzwischen sind fünf Jahre vergangen. Ich hatte mich mit dem Gedanken abgefunden, daß ich nie mehr in meine Wohnung in Gela auf Sizilien zurückkehren durfte, in der ich ja immerhin 13 Jahre gelebt hatte. Aber ich konnte mich nicht daran gewöhnen, von Tiziana und ihren Kindern getrennt zu sein. Ich wünschte mir so sehr, daß sie mit uns leben könnte. Aber ihr Mann wollte das absolut nicht. Ich betete viel und bat den Herrn, daß er sie beschützen möge.

Vier Jahren nach unserer Zwangstrennung traf Tiziana endlich eine wichtige Entscheidung für sich und ihre Kinder. Sie verließ ihren Mann. Im Januar 1997 akzeptierte sie, in das Schutzprogramm einzutreten. Ich bin ja eigentlich gegen die

Scheidung. Aber Tizianas Entschluß war für mich eine große Freude. Als wir uns endlich wieder in die Arme schließen durften, war das ein ganz besonderes Fest: Ich war so glücklich. Tizianas Kinder kennen die wahre Geschichte ihres Vaters, denn sie sind jetzt alt genug, und sie unterstützen die Entscheidung ihrer Mutter. Falls sie nicht fortgegangen wären, wären auch sie im mafiösen Umfeld von Gela aufgewachsen.

Heute kann ich sagen, daß meine Familie gänzlich mit der Vergangenheit gebrochen hat. Sie hat ihre Verhaltensweisen in Frage gestellt und sich grundlegend geändert. Jedoch leben wir weiterhin eskortiert und überwacht, denn unser Leben war und ist immerzu in Gefahr. Dennoch sind wir glücklich, diese Entscheidung getroffen zu haben. Gaetano ist fast ständig unterwegs: Er wird von Prozeß zu Prozeß gebracht, um seine Aussagen zu machen. Die Staatsanwaltschaft hat den Hintergrund über den ganzen Mafiakrieg in Südsizilien, der in den Jahren zwischen 1988 und 1992 500 Tote forderte, zum großen Teil erst durch seine und die Aussagen unserer Söhne aufgedeckt.

Marco ist heute 30 Jahre alt und lebt mit seiner sardischen Freundin Rosella zusammen, mit der er inzwischen zwei prächtige Kinder hat. Sie durften zwar noch immer nicht heiraten, denn Marco muß ja unter falschem Namen leben und hat noch nicht endgültig eine neue Identität bekommen. Aber er ist ein ganz besonders liebevoller Vater. Der Staatsanwalt hat ihm erlaubt, eine Berufsschule zu besuchen, damit er irgendwann ein ganz neues Leben beginnen kann. Bisher zahlt der Staat den Lebensunterhalt für Gaetano, mich und unsere Kinder.

Simon ist 22, hat ebenfalls eine Freundin und ein mittlerweile dreijähriges Kind. Auch er lebt natürlich unter einem falschen Namen und darf deshalb seine Freundin nicht heiraten. Er ist immer noch der Liebling meines Mannes. Die beiden telefonieren fast täglich miteinander. Simons Sohn besucht einen kirchlichen Kindergarten, und Simon ist bei den Nonnen dort sehr beliebt, weil er ihnen im Kindergarten oft hilft. Simon hat alle seine Verbrechen gebeichtet. Er sagt, er hatte zunächst den

Eindruck, daß dieser Pfarrer aus Norditalien ihm nicht geglaubt hat. Aber dann hat er ihm die Absolution erteilt.

Franco ist mit einem sehr netten Mädchen befreundet.

Ich selbst lebe mit meinem Mann, Franco und Tiziana in einer gemeinsamen Wohnung. Mit Gaetano verstehe ich mich, da wir einfach ein »altes Ehepaar« sind, besser denn je. Natürlich streiten wir auch oft, wir hocken ja nun mal viel aufeinander. Ich würde so gerne arbeiten gehen, vielleicht als Verkäuferin in einer Boutique, aber das darf ich im Moment natürlich nicht. So haben wir manchmal zuviel Zeit, aber insgesamt kommen wir gut miteinander aus. Ich kenne ihn ja so genau. Gaetano kann heute noch keine Gefühle zeigen, aber ich hab ihn trotzdem lieb. Trotz allem. Und im geheimen denke ich, daß er mich wohl auch ein bißchen liebhat, sonst wäre er ja nicht schon so lange mit mir zusammen. Ich trage heute noch in meinem Portemonnaie das Foto von ihm bei mir, wie er mit 16 Jahren ausgesehen hat, als ich mich in ihn verliebte.

Schon seit zehn Jahren war ich nicht mehr in meinem Heimatort, und ich würde sehr gerne dorthinfahren, auch um die Gräber meiner Großmutter, meines Onkels Kurt und meiner Tante Elsa sehen. Ich habe mehrmals um die Erlaubnis gebeten, aber ich darf aus Sicherheitsgründen und zum Schutz meiner eigenen Person nicht fahren. Ich habe große Sehnsucht nach Lüneburg, da dort meine einzige Tante noch lebt, die Tante Hedi. Ich telefoniere heute manchmal mit ihr. Aber sie hat natürlich nicht die geringste Ahnung davon, daß Gaetano ein Mafioso war, daß meine Söhne im Gefängnis gesessen haben und daß wir jetzt unter falschen Namen leben.

Ein Teil meiner Leiden gehört nun der Vergangenheit an, aber der Schmerz ist unvergeßlich. Er wird mich mein Leben lang verfolgen, denn meine Kinder haben anderen Müttern Leid zugefügt. Möge der Herr ihnen verzeihen. Meine Söhne haben, als sie sich entschlossen, mit der Justiz zusammenzuarbeiten, ihr gesamtes Verbrechen offenbart. Es ist wahr, sie töteten kaltblütig, aber sie haben es aus Überlebensinstinkt, aus Notwehr getan. Auf Sizilien tobte damals ein Krieg. Nach dem Überfall auf unser Geschäft führten mein Mann und meine Söhne einen Rachefeldzug. Ich glaube nicht, daß man sagen kann, daß meine Söhne von meinem Mann zu Verbrechern erzogen wurden. Vielmehr sind sie in einem Umfeld aufgewachsen, in dem sie einfach ein Leben ohne jede Moralität führen mußten, um nicht zu sterben. Den Anschlag, der auf meinen Mann und auf Marco verübt wurde, haben beide nur zufällig überlebt. Und ein solches Attentat hätte jederzeit auch Franco und Simon treffen können. Sie wußten, wie knapp ihr Vater dem Tod entgangen war, und sie haben daraufhin nur konsequent reagiert: Die Regeln der Mafia auf Sizilien lehren uns, daß nach dem Vater immer die Söhne dran sind, weil die Söhne sonst entweder selbst *Vendetta* suchen oder zumindest versuchen werden, die Wahrheit über den Tod ihres Vaters herauszufinden.

Heute dürfen wir manchmal alle zusammen, mit allen Kindern und Enkeln, einen Sonntag verbringen. Die Polizisten, die uns beschützen, sind dann auch dabei. Gaetano kocht für uns alle Spaghetti, und wir sitzen an einer großen Tafel und reden über Gott und die Welt. Manchmal kommt Gaetano dann auf etwas aus den schlimmen Jahren der Vergangenheit zu sprechen. Dann trete ich ihm unter dem Tisch gegen das Schienbein: Das Thema Mafia ist bei uns zu Hause verboten. Die Kleinen sollen nichts davon hören.

Dr. Angelika Faas, Dipl.-Psych.: »Ich, die Frau des Paten« – ein psychologischer Kommentar

Bevor ich etwas über die Geschichte von Edith Kliez und über ihre jetzige Lebenssituation erfuhr, wußte ich als berufserfahrene Psychologin aus unzähligen Therapiesitzungen natürlich schon eine Menge über das Innenleben von Menschen, die extremen seelischen Belastungen ausgesetzt sind. Doch das innerseelische Drama einer Frau, die jahrzehntelang voller Sehnsucht nach familiärer Harmonie intim Seite an Seite mit brutalen Gewalttätern zusammenlebte, scheinbar ohne bewußt etwas davon zu bemerken, war mir in einem solchen Ausmaß bislang noch nicht begegnet.

Als engagierte Paar- und Familientherapeutin habe ich oft mit Staunen erkennen können, welche frühkindlichen Prägungen offenbar in Bruchteilen von Sekunden zu einer scheinbar zufälligen Partnerwahl führen, die treffsicher eine Wiederbelebung bedeutsamer Szenen aus der Vergangenheit beider Partner nach sich zieht.

Im Rausch der ersten Verliebtheit denkt niemand an spätere Enttäuschungen oder an späteres Unglück. Ganz im Gegenteil – die schicksalhafte Begegnung mit dem geliebten Menschen erscheint fast wie die Eintrittskarte ins immerwährende Paradies.

Das vorherrschende Empfinden ist: Nun wird alles gut! Und es verleitet die Psyche leider immer wieder dazu, sich ein (Phantasie-)Bild vom Partner zu machen, aus dem zunächst alle störenden Elemente ausgeblendet werden, damit die traumhafte Gestalt erhalten bleibt.

Bei den meisten Paaren rückt sich die Wahrnehmung vom anderen im Laufe der Zeit zurecht, der Partner wird auf ein mehr oder weniger liebenswertes Normalmaß gebracht. ER und SIE erhalten realistische Konturen, und die klassischen Szenen einer Ehe können sich entfalten: Auf Phasen symbiosehafter Bezogenheit folgen Abgrenzungstendenzen, um der Gefahr zu entrinnen, das eigene ICH in einer zu innigen Verbindung aufzugeben. Damit das WIR-Gefühl und die Zusammengehörigkeit nicht verlorengehen, wird eine zaghafte Wiederannäherung gewagt, die vielleicht zu einem tieferen Verständnis beider Partner führt.

Die Liebesgeschichte zwischen Edith Kliez und Gaetano Ianni hat genauso begonnen wie bei vielen anderen Liebespaaren auch, nur hat irgendwann zumindest bei Edith eine umfassende Wahrnehmungsblockade eingesetzt, die sie blind machen mußte für das Doppelleben ihres Mannes und ihrer Söhne. Und die sie immer wieder daran hinderte, Chancen zum Ausstieg aus dem Wahnsinn ihres Lebens zu nutzen.

Oder konnte Edith Kliez gar nicht aus ihrer Haut heraus? Mußte sie zwangsläufig die Augen und Ohren vor der furchteinflößenden Wirklichkeit verschließen, weil sie in frühester Kindheit ein Frageverbot verinnerlichte, weil damals die Erwachsenen befunden hatten, daß ein Kind nicht die volle Wahrheit erfahren darf, weil es sonst Schaden an seiner zarten Seele nehmen könnte?

Schon im ersten Interview wird deutlich: Edith Kliez und ihr Ehemann sind offenbar ein eingespieltes Team, wenn es darum geht, die Wahrnehmung der Wirklichkeit ins rechte Licht zu rücken. ER antwortet, wenn SIE gefragt wird. Edith Kliez bringt möglicherweise aufgrund ihrer inneren Disposition einen fatalen Hang zur Wirklichkeitsverzerrung mit, und Gaetano Ianni springt blitzschnell – absichtlich oder intuitiv – in diese Wahrnehmungslücke hinein. ER bestimmt, wie die Realität zu sehen ist – SIE widerspricht nicht.

Im weiteren Verlauf des Fragens und Antwortens deutet sich an, wie Edith Kliez-Ianni darangeht, mit ihren Erfahrungen fertigzuwerden: Sie versucht offenbar, ihre Gefühle und Gedanken zu sortieren, indem sie die schrecklichsten Gewißheiten aus ihrem normalen Alltag verbannt. Eine Beschäftigung damit darf nicht stattfinden, denn das könnte den totalen, existentiell bedrohlichen Zusammenbruch ihrer restlichen Lebensenergie bedeuten.

Neben einer sehr diffusen Benennung des unbeschreiblichen Elends, das sie als »diese Dinge« formuliert, hat sie auch diffuse Alpträume, die sie zwar »nicht genau beschreiben« kann, wobei sie aber ganz entschieden bestreitet, daß ihre Kinder und was sie »gemacht haben« darin vorkommen.

Auch mit der Trauer und mit der Verzweiflung der Mütter der Mordopfer kann ihre Psyche sich nicht auseinandersetzen: »Die Mütter haben damit nichts zu tun«, sagt sie und zeigt damit, daß sie deren Elend gar nicht näher an sich herankommen lassen kann, zu groß wäre die Gefahr, sich in deren Qual einfühlen zu müssen.

Der Gedanke an den möglichen Verlust ihrer eigenen Kinder scheint noch erschütternder zu sein als die Gedanken an die brutalsten Verfehlungen ihrer Söhne. »Ich hatte nur noch Simon, der war ja noch ganz klein«, sagt sie, und auch der Hinweis der Interviewers: »Und trotzdem schon ein Killer ...«, gilt für sie nichts in Hinblick auf seine Zugehörigkeit zu ihr: »Ja, aber erst war er einfach klein und noch bei mir.«

Schon in diesen Beispielen zeigt sich, wie sehr sie es braucht, für sich selbst wenigstens, die Kinder von der schweren Schuld, die sie auf sich geladen haben, fernzuhalten.

Edith Kliez zeigt eine schier unerschöpfliche Fähigkeit zur Anpassung selbst unter härtesten äußeren und inneren Bedingungen und eine verzweifelte Neigung zum Ausblenden der härtesten inneren und äußeren Fakten.

Ihr Ehemann zeigt ebenfalls eine schier unerschöpfliche Fähigkeit zur Anpassung, und zwar zur Anpassung an die Illusion von Normalität und Ehrbarkeit. »Die Menschheit will betrogen werden«, sagt der Volksmund in einer hinlänglich bekannten Redewendung. Und wenn der Volksmund hiermit auch nur ein Körnchen Wahrheit verkündet, dann hat jemand wie Gaetano Ianni immer ein leichtes Spiel in einer Umgebung, in der niemand die Wahrheit hören will, weil dann der schöne Schein der Normalität kaputtgeht und weil jeder einzelne dann gezwungen wäre, Verantwortung zu tragen und Konsequenzen zu ziehen.

Doch auch einem Menschen wie diesem Mafiaoberhaupt kann nicht allein die Haftung für die verübten Verbrechen abverlangt werden, auch er ist ein Produkt seiner Bezugsgruppe. Er ist in dieser einflußreichen Position überhaupt nur denkbar, weil so viele andere Menschen bereitwillig seine Macht gestützt haben – sei es aus wahnsinniger Todesangst, aus panischer Angst vor Liebesverlust, aus purer Profitgier oder sogar aus falsch verstandener Loyalität zwischen Familienmitgliedern und Freundschaftbeziehungen.

Insofern hat die unbewußte Partnerwahl zwischen der jungen Edith und dem jungen Gaetano anscheinend spontan und ohne jede Absprache brillant funktioniert: Beide haben wohl nie gelernt, mit der Wahrheit angemessen umzugehen.

SIE hat schon als kleines Mädchen niemals erfahren, daß die Fragen nach der Wahrheit zu einer heilsamen Erkenntnis führen können. Sie wurde mundtot gemacht und mußte die verzerrten Wahrheitskonstruktionen der Erwachsenen einfach hinnehmen, weil sie als Kind seelisch abhängig von ihnen war.

ER hat offenbar schon früh erfahren, daß das gekonnte Spiel mit der Wahrheitsverdrehung sehr erfolgreich sein kann, weil sein Charme und seine Fähigkeit, den schönen Schein zu produzieren, unbequeme Frager mundtot macht, zumal wenn sie in irgendeiner Form abhängig von ihm sind.

In der »Erinnerung« von Edith Kliez beginnt alles ganz harmlos, und vermutlich würden Millionen anderer Frauen den Anfang der Geschichte ihres Lebens sehr ähnlich gestalten, indem sie ebenfalls das Großwerden der Kinder und den Wunsch, mit dem Ehemann alt zu werden, als Zentrum ihres Lebensinhaltes darstellen. Auch die Selbstverständlichkeit, mit der sie deshalb ihrem Ehemann in dessen Heimat folgt, ist eine durchaus vertraute Haltung bei sehr, sehr vielen Müttern und Partnerinnen. Doch dann steigert sich dieser so überaus normale Beginn langsam, aber sicher zu einem filmreifen Horrortrip, der alles Bekannte und Vertraute in den Schatten stellt.

Wie konnte es dazu kommen, daß die Sehnsucht nach Harmonie und Ruhe geradewegs in die Katastrophe führte? War es wirklich nur der Umzug nach Sizilien, der dieser Familie zum Verhängnis wurde? Gab es nicht doch schon vorher Anzeichen dafür, daß hier grundlegend etwas aus geordneten Bahnen zu entgleisen drohte?

Schweigen, vertuschen, sich widerspruchslos fügen und bedingungslos anpassen: Diese Verhaltensweisen gehören zu den Grundzutaten für eine hochbrisante Mixtur aus Konfliktscheu und Harmoniesucht auf der einen sowie Größenwahn und dem Anspruch auf die Verfügungsgewalt über Leben und Tod auf der anderen Seite.

Hätte Edith Kliez möglicherweise das Schlimmste verhindern können, wenn sie sich zu einem früheren Zeitpunkt gegen die massiven (und verlockenden) Vorgaben ihres Ehemannes durchgesetzt hätte, so wie sie sich jetzt nicht aufhalten läßt, sich ihr Leid von der Seele zu schreiben, obwohl sie die ganze Zeit weinen muß und obwohl er sie zum Vergessen verlocken will? Die Schilderung ihrer Lebensgeschichte gibt Aufschluß darüber, warum sie so lange gewartet hat, bis ihre Tränen fließen dürfen.

Liebe, Sorglosigkeit, Heiterkeit, Verwöhnen und Geschenke: Sind das die sicheren Anzeichen für eine glückliche Kindheit? In diesem Fall gilt als Antwort: ja und nein zugleich, denn diesen Hinweisen auf Geborgenheit und Sicherheit in einer heilen Kinderwelt stehen von Anfang an die schlimmsten Feinde der Wahrheit gegenüber: Vater und Mutter werden totgeschwiegen, die Umstände der Geburt bleiben im unklaren, und Fragen werden im Keim erstickt.

Schon bald kommt für das Kind die Traurigkeit hinzu, und die längst geplante Wahrheitsverkleisterung und die Lüge der

Erwachsenen – Mama ist sehr weit weg und wird bald zu Besuch kommen, und der Vater ist im Krieg gefallen – werden zu den engsten Verbündeten der Konfliktvermeidung, solange das Kind gutgläubig ist und darauf vertraut, daß die Erwachsenen die besten Absichten haben.

Eine unaufgeklärte Lüge zieht die nächste nach sich, weil es sich so schön anfühlt, wenn die heile Welt erhalten bleibt – mit Tränen in den Augen umarmt Edith ihre Großmutter, und das kleine Mädchen erlebt die Rührung der alten Frau.

Ist damit schon der Grundstein für das spätere Unheil gelegt? Auch hier gilt: ja und nein zugleich, denn die Verkleisterung der Wahrheit geht weiter – trotz des schönen Kleides zeigt die Mutter nicht das geringste Gefühl für ihre sehnsüchtige kleine Tochter, und sie hat angeblich nicht genügend Geld, um für ihr kleines Mädchen eine Bahnfahrkarte zu kaufen. Und so glaubt die kleine Edith lieber der Lüge der Erwachsenen, als den spürbaren, offenkundigen Tatsachen ins Auge zu schauen.

Aber hier wird auch der Impuls sichtbar, sich von den Ausflüchten der Erwachsenen abzuwenden und auf eigene Faust tätig zu werden, denn immerhin versucht es die kleine Edith, ihr Schicksal mitzubestimmen, aus eigener Kraft den Weg zur Mutter zu finden. Sie spart sich die Süßigkeiten vom Munde ab, um selbst eine Fahrkarte nach England kaufen zu können. Allerdings ohne Aussicht auf Erfolg.

Und sie paßt im Unterricht genau auf, als es da um konkrete Daten über den Zweiten Weltkrieg geht. Dann reimt sie sich die Fakten selbst zusammen und stellt »die Oma richtig zur Rede«. Auch diesmal wieder ohne Erfolg. Aber sie bleibt beharrlich und gibt nicht auf, sie findet endlich die richtige Person und erfährt die Wahrheit.

Sie erfährt allerdings eine Wahrheit, in der wieder die Lüge eine große Rolle spielt. Und sie erfährt damit auch, daß die Wahrheit für sie kein dauerhaftes Glück bringt: Von ihrer betrogenen Mutter wird sie als Tochter geopfert, um den Liebhaber und Retter zu halten. Und auch die Oma erweist sich als unfähig, ihrerseits das Schweigen zu brechen, obwohl die Tatsachen inzwischen längst bekannt geworden sind.

Wäre jetzt der richtige Zeitpunkt für eine Wende gewesen? Vielleicht wäre das spätere Leben der Edith Kliez anders verlaufen, wenn sie mit der Großmutter schonungslos über den dreifachen Betrug in ihrem kurzen Leben hätte sprechen können.

Durch Offenheit und Ehrlichkeit wäre ein neuer Entwicklungsschritt möglich gewesen, Edith wäre nicht so anfällig geblieben für die Vorspiegelung falscher Tatsachen. Vielleicht hätte sie in Zukunft die Liebe nicht mehr so eng mit der Lüge verknüpfen müssen.

»Gib mir einen Kuß!« fordert der hübsche Junge, und für Edith tut sich damit eine völlig neue Welt auf. Nicht nur die erste Liebe beginnt, es beginnt auch – zunächst – eine völlige neue Form der Interaktion: Der Junge will etwas von ihr! Und zwar direkt und ohne Umschweife! Das ist wirklich neu für Edith, die bislang erfahren hat, daß die eigene Mutter nie etwas von ihr wollte und sogar die geliebte Oma immer dann auf Ausflüchte und Ablenkungsmanöver zugreifen mußte, wenn es für Edith um wichtige Gefühle ging. Kein Wunder, daß sie Gaetano nicht sofort beleidigt abblitzen ließ! Er hatte sie offenbar mitten ins Zentrum ihrer Sehnsucht getroffen. Und noch eine neue Erfahrung kommt hinzu: Die geliebte Oma stellt sich plötzlich quer, ist nicht mehr die Verwöhnende, die Verständnisvolle, nein, sie hat etwas gegen Ausländer. Welch Wunder, hatte doch Ediths Mutter mit einem Ausländer nur die allerschlechtesten Erfahrungen gemacht. Und war nicht Ediths ganzes Leid und Unglück auf den ausländischen Vater zurückzuführen?

Jetzt dreht Edith den Spieß um, sie wandelt sich vom hilflosen Opfer zahlreicher Lügen zur geschickten, trickreichen Täterin: Nun belügt sie die Oma! Andererseits zeigt sie sich damit gleichzeitig als Omas und Mutters gelehrige Schülerin: Wenn es darum geht, einen Mann zu halten, sind offenbar die Lüge, der Verrat und der Betrug die geeigneten Mittel. Die Seele hat dadurch einen äußerst kreativen Kompromiß gefunden: Die Oma wird zwar betrogen, belogen und hintergangen, aber weil Edith sich der gleichen Mittel bedient, die ihre wichtigsten Bezugspersonen vorher in dieser Familie gesellschaftsfähig gemacht haben, beweist sie ihnen damit in gewisser Hinsicht auch ihre absolute Treue und Verbundenheit. Die echte Abgrenzung von Oma und ihren »Werten« wäre Offenheit, Ehrlichkeit und die Bereitschaft gewesen, Omas Liebesverlust zu riskieren.

An dieser Stelle hätte also vielleicht eine Wende im Wahrheitsverdrehen und in der Wahrnehmungsverschleierung eingeleitet werden können. Schon hier wurde eine Chance vertan, den späteren Katastrophenweg nicht bis zum bitteren Ende gehen zu müssen.

Wenn es um die heimlichen Verabredungen mit Gaetano geht, erweist sich Edith als durchaus geschickte Versteckspielerin, sie legt falsche Fährten und entdeckt den Trotz als neue Waffe, um sich zu wehren und ihre eigenen Interessen durchzusetzen.

Das Versteckspielenkönnen hat sie später immer wieder praktizieren müssen, um ihren Ehemann treffen zu können, aber den Trotz als Waffe, um sich zu wehren und für ihre eigenen Interessen einzusetzen, den hat sie offenbar völlig vergessen. Sie hätte sich in vielen späteren Situationen ganz anders wehren können, wenn sie auf diese Fähigkeit hätte vertrauen können.

Die Lüge erweist sich für Edith immer wieder als nützliche und vertraute Verbündete, weil dadurch Unbequemes, Schwieriges einfach ausgeblendet werden kann, um Konflikte und Auseinandersetzungen zu vermeiden (Lüge um die Verlobung). Die Lüge erweist sich aber gleichzeitig auch immer wieder als ihre ärgste Feindin, weil sie Leid verursacht, Vertrauen mißbraucht und sie in unhaltbare Loyalitäten stürzt. Hier deutet sich an, daß Edith sich hin- und hergerissen fühlt und daß sie nicht weiß, wem sie es recht machen soll. Sie hängt zwischen zwei Zugehörigkeiten, die einander ausschließen: Oma und Gaetano. Und weil sie es offenbar allen recht machen will, bleibt sie selbst auf der Strecke.

Hinzu kommt eine fatale Sprachlosigkeit: Die Verlobung wird über die Zeitung mitgeteilt, Oma hat Tränen in den Augen und nimmt Edith wortlos in den Arm. Offenbar hat Edith Angst davor, daß ein offenes Wort alles kaputtmachen kann, alle Sehnsüchte enttäuschen wird – ganz so wie damals, als Edith auf Umwegen die Wahrheit über ihre Geburt erfahren hatte.

Gaetanos Verhalten paßt perfekt in dieses Klima der Vermeidung, Verleugnung und Verfälschung der Wahrheit, der offenkundigen Tatsachen, und Edith bewegt sich auf brisant vertrautem Terrain. Sie weiß, daß er lügt, aber sie stellt ihn nicht zur Rede, sie nimmt sein Verhalten hin, sie paßt sich an, um ihn nicht zu verlieren, und sie zieht keine Konsequenzen!

Damit läßt sie es auch geschehen, daß weitere gewichtige Grundsteine für das spätere Unglück gelegt werden.

Das bittere Spiel von Lüge und Sprachlosigkeit zwischen Edith und ihrer Großmutter geht weiter: Die Schwangerschaft wird zunächst verheimlicht, dann wird auch der längst deutlich sichtbare Zustand verleugnet und schließlich von Gaetano bekanntgegeben. Ein Verhaltensmuster, das bisher so deutlich nur bei Edith sichtbar wurde, zeigt sich jetzt auch bei der Oma: Sie findet sich mit den vollendeten Tatsachen ab. Vermutlich ist sie auch in dieser Haltung schon lange vorher eine gefährliche Lehrmeisterin für ihre Enkelin gewesen.

Unterhalb der sichtbaren Oberfläche spielt sich noch ein ganz anderes Drama ab, welches weder Edith noch ihrer Mutter bewußt sein dürfte: Edith hat eine Parallele geschaffen zwischen ihrem eigenen Leben und dem Leben der Mutter, sie ist ihr eigentlich ebenbürtig. Sie hat versucht, der unerreichbaren Mutter seelisch nahe zu sein, indem sie es ihr nicht nur gleichgetan, sondern sie auch noch übertroffen hat.

Sie hat nämlich nicht nur eine uneheliche Tochter von einem ausländischen Vater zur Welt gebracht und ihrer (letztlich gemeinsamen) Oma/Mutter übergeben, sie hat zusätzlich auch noch einen Sohn, gezeugt vom selben Vater, geboren. Sie hat die gleiche Angst ausgestanden, im Stich gelassen zu werden –

aber: Sie hat den Vater ihrer Kinder, ihre erste große Liebe, in weißem Kleid, in der heimatlichen Kirche – also mit allen Ehren und in aller Form – geheiratet! Das müßte die Mutter doch würdigen!

Der Besuch zum Familienfest bei der Mutter in England soll für Edith zum krönenden Höhepunkt ihres Erfolges als selber ordentlich verheiratete Mutter ihrer eigenen Kinder werden. Sie hat sich gewünscht, daß die ferne Mutter ihr nun endlich die langersehnte Anerkennung zollen würde. Es zeigt sich leider in aller Deutlichkeit, daß die Mutter dazu nicht fähig ist, die Anerkennung bleibt aus, wie immer schon.

Doch gerade weil die Mutter ihr wieder einmal an so einem zentralen Punkt in ihrem Leben die kalte Schulter zeigt, bleibt Edith innerlich für immer auf dieses Drama fixiert: Sie wird ihre eigene Mutter an Mütterlichkeit übertreffen! Sie wird ihre Kinder niemals im Stich lassen! Sie wird zu ihnen halten, koste es was es wolle! Und sie wird den Vater dieser Kinder festhalten, koste es was es wolle! Sie will eine vollständige Familie, um jeden Preis!

Baustein um Baustein fügt sich der Beginn des Mosaiks des Grauens zusammen, in dem die spätere Katastrophe aufscheint und einen Teil ihrer Erklärung findet.

Als Edith ihre Ehe und ihr Familienleben symbolisch verdeutlichen will, spricht sie von einem zugigen Zimmer, in dem sie versucht, ein Kartenhaus zu bauen. Aber gerade dieser Versuch zeigt, daß der Vergleich mit einem Kartenhaus, so aussagekräftig er einerseits ist, eine wesentliche Komponente außer acht läßt. Dieses störanfällige Kartenhaus hat nämlich einen Sockel aus Granit, der zur zusätzlichen Sicherheit auch noch in Beton gegossen ist, um es in Ediths versinnbildlichender Sprache auszudrücken.

Natürlich weht ihr an der Ehefront ein eiskalter Wind um die Nase, und sie braucht all ihre Kraft, um für sich und die Kinder die Illusion eines funktionierenden Familienlebens aufrechtzuerhalten. Der Granit im Fundament ihrer Illusionen ist

ihre Besessenheit, den Vater ihrer Kinder um jeden Preis fest-
zuhalten: »Ich habe nicht einmal daran gedacht, ihn zu verlassen.« Und: »Ich wußte schließlich, was es bedeutet, ohne
eine richtige Familie aufzuwachsen. Um meinen Kindern so
ein Schicksal zu ersparen, nahm ich ständig Demütigungen auf
mich.«

Und der Beton, der dabei alles unerbittlich und unerschütter-
lich zusammenhält, der besteht aus der gemeinsamen Sprachlosigkeit und dem Thematisierungsverbot beider Ehepartner:
»Wir haben uns nie ausgesprochen.«

An der Ehefront gibt es einen gnadenlosen Kampf, mit dem
Ehemann/Vater als oberstem, offenbar gefühllosem Kriegs-
herrn, der nicht nachgeben kann: Ediths Formulierungen zeigen ja, worum es wirklich geht, sie spricht zwar von »Frieden«,
meint aber den kurzfristigen »Waffenstillstand«. Der »Krieg«
fängt immer wieder von vorne an.

Gaetano betrügt seine Frau nicht nur um die Harmonie, die
sie sich so sehr wünscht, er betrügt sie auch wieder und wieder
mit anderen Frauen. Er demütigt sie, er überschreitet sämtliche
Grenzen ihrer Würde, ihrer Selbstachtung und ihrer seelischen
Kraft. Und dennoch bleibt Edith bei ihm, und er bleibt ja letztlich auch bei ihr, auch er verläßt seine Frau nicht wirklich, er
kommt immer wieder zu ihr zurück. Und sie bleibt ihm trotz
alledem weiterhin treu ergeben.

Warum nur, warum können die beiden nicht voneinander
lassen? Testet Gaetano immer wieder aus, ob er wirklich bedingungslos geliebt wird, egal wie brutal und wie verletzend er
sich verhält?

Und was ist mit Edith los? Was veranlaßt sie, sich diesem
Mann bis zur Selbstaufgabe zu unterwerfen? Vielleicht ist sie
tief in ihrem Inneren immer noch das verstörte kleine Mädchen,
das von der Mutter verstoßen wurde. Wahrscheinlich ist sie dadurch so schwer traumatisiert worden, daß sie sich in die Zugehörigkeit zu dem Menschen, den sie als Retter aus dem Elend
erlebte, verbeißen muß. Aber vielleicht spielt auch die böse Ver-

heißung der Großmutter eine Rolle dabei, die ihr gesagt hat: »Edith, du wirst niemals glücklich werden.« Ihr Unglück stellt damit eine mystische Verbindung zur geliebten Oma und zum verlorenen kurzen Kindheitsparadies her. Wird hiermit nicht eine seltsame Art von nachträglichem Gehorsam geleistet? Ist ihr Unglück eine Wiedergutmachung für die Enttäuschungen, die sie der Oma bereitet hat?

Edith träumt immer noch von der großen Chance, vom großen Umbruch in ihrem Leben, und der erste Umzug nach Sizilien soll alles zum Guten wenden.

Doch trotz bester Anfänge in der neuen Umgebung, in der scheinbar alles so läuft, wie Edith es sich wünscht, wird das Heimweh übermächtig. Sie schafft es sogar, ihren ansonsten so dominanten Ehemann zur Rückkehr nach Lüneburg zu bewegen.

Wie konnte das geschehen? Hat Edith eine echte Wandlung durchgemacht? Sie darf auf einmal den Aufenthaltsort bestimmen, ihre Wünsche stehen im Vordergrund. Plötzlich kann Edith erfolgreich für die Durchsetzung ihrer eigenen Interessen kämpfen. Und die Erfahrungen der ersten Zeit in Lüneburg scheinen ihr recht zu geben. Sie ist glücklich, sie hat drei süße Kinder, und ihr Mann führt ein anständiges Leben, alles scheint gut zu werden. Edith ist für eine kurze Zeit tatsächlich im Paradies ihrer Träume angekommen.

Doch dann geht die Vertreibung Schlag auf Schlag vor sich, die Oma erkrankt und stirbt. Die Sehnsucht nach einer echten Beziehung zur Mutter flammt wieder auf und endet mit dem endgültigen äußeren Bruch. Ihr Mann belügt sie wieder, und schließlich kommt es zur ersten großen Eskalation: Die Polizei schaltet sich ein. Edith ahnt Schlimmes und läßt sich doch wieder beschwichtigen. Denn jetzt, nachdem die Großmutter tot ist, und nachdem sie die Sehnsucht nach der Mutter endgültig hinter sich gelassen hat, bleiben ihr nur noch Gaetano und die Kinder als Menschen, die wirklich zu ihr gehören. Und es bleiben ihr die Illusionen und die Hoffnung, eng verbunden mit den altvertrauten Verbündeten: Lüge, Wahrnehmungsverleugnung und Wahrheitsverdrehung.

Ediths Seele betäubt sich mit Illusionen und mit einer Wahrnehmungsverengung, dadurch wird die Realität nur noch mehrfach gefiltert, wie durch ein ganz dünnes Nadelöhr, ins Bewußtsein durchgelassen.

Edith engt ihr Blickfeld ein auf die häusliche Erziehung ihrer Kinder, auf deren äußeres Umfeld kann sie keinen Einfluß nehmen. Sie konzentriert sich auf die wenigen sichtbaren Erfolge, wie ordentliche Zeugnisse und scheinbaren Gehorsam. Alles andere scheint sie wieder aus dem schönen Scheinbild auszublenden, obwohl es frühzeitig schon genügend Anlässe zum ernsthaften Nachdenken gegeben hat: die brutalen Spiele der Kinder auf der Straße, Gaetanos Heimlichkeiten und seine Verbote, ihm zu folgen.

Edith greift im Zweifelsfall wieder auf ein scheinbar bewährtes altes Hausmittel zurück: Sie vermeidet den Streit mit Gaetano, und sie findet sich mit seiner Schweigsamkeit ab. Edith verschließt Augen und Ohren, um ihre Kraft für die Erziehung der Kinder zu erhalten. Edith hat ihre Bestimmung gefunden: Für die Kinder engt sich ihr Blickfeld immer mehr ein. Es gibt offenbar kein sinnvolles Aufbegehren, sie hat sich um den Preis der umfassenden Verleugnung mit den Verhältnissen arrangiert. Sie arrangiert sich bis zum völligen Zusammenbruch, bis zur körperlichen und seelischen Selbstaufgabe.

Aber sie wäre nicht die Edith, die wir kennengelernt haben, wenn nicht die Sorge um ihre Kinder sie noch einmal aus dieser schlimmen Krise herausgeführt hätte. Aber wenn sie sich wirklich um ihre Kinder und Enkel sorgen würde, dann müßte sie sich heute mit den Taten der Vergangenheit auseinandersetzen.

Aber Edith weiß bis heute »nicht genau, wie viele Menschen Gaetano eigenhändig umgebracht hat, wie viele Morde er befohlen hat«. Sollte das ein Zeichen dafür sein, daß das vermutete Motto der frühen Jahre auch jetzt noch immer seine unangestastete Gültigkeit hat: »Nichts Genaues sagen, nicht genau fragen ...«?

Gaetano scheint gezielt daran mitzuwirken, daß dieses Motto auch in Zukunft nichts von seiner Wirksamkeit einbüßen darf: »Mein Mann Gaetano sagt immer, sie (die Enkel) sollen anständige, ehrliche Leute werden, die nicht wissen, was die Mafia bedeutet.« Und zu dieser Aussage gibt es keinen Widerspruch von Edith.

Wieso eigentlich nicht? Dürfen Kinder und Enkel nicht aus den Fehlern der Erwachsenen lernen?

Schweigen und Vertuschen soll zarte Kinderseelen vor Schaden bewahren. Das ist eine gute und richtige Überlegung, denn Kinder dürfen nicht überfordert werden durch die schonungslose Konfrontation mit den unbewältigten Schandtaten der Eltern und Großeltern. Falsch und gefährlich wird es dann, wenn das Schweigen und Vertuschen der Wahrheit vor den Ohren der Kinder nur als Rechtfertigung dafür herhalten muß, daß die Elterngeneration sich nicht zu ihren Versäumnissen und Verbrechen bekennen mag.

Dr. Thomas Krauß, Soziologe, M.A.:
Über Mord und Totschlag

Es ist schon recht schwer nachzuvollziehen, daß jemand einfach nicht merkt, wie sehr seine nächsten Bezugspersonen in grauenvolle Taten verwickelt sind. Dennoch gibt es dafür einige psychologische Erklärungen, die es verständlich machen, warum jemand zwangsläufig seine Wirklichkeitswahrnehmungen verleugnen muß. Die Angst vor dem Alleinsein, vor Liebesverlust und eine massive Frustrierung von zentralen Lebensfragen, ja das rigorose Verbot von Fragen überhaupt, haben damit zu tun.

Noch sehr viel schwerer nachzuvollziehen als diese Wahrnehmungsverleugnungen ist es, daß Menschen in der Lage sind, Menschen zu quälen, zu foltern und zu töten, wie Gaetano Ianni und seine Söhne es taten. In der Regel hört hier unser Einfühlungsvermögen und unsere Bereitschaft zu einem psychologischen Verständnis auf. Das Tötungsverbot, an das wir uns im Normalfall alle halten, ist eine der Voraussetzungen von Zivilisation überhaupt, und jeder Versuch, Mord und Totschlag zu erklären und zu verstehen, gerät sofort in den Verdacht, zu billigen, was die Grundlagen unseres Zusammenlebens zerstört.

Verstehen heißt aber keinesfalls billigen; Verstehen heißt nicht, Verständnis haben. Verstehen heißt: sich vor Augen führen, analysieren, rekonstruieren.

Führen wir uns vor Augen, was wir erfahren. Bereits zu Anfang der unglaublichen Geschichte, die Edith Kliez nicht wahrhaben will, im Vorwort, findet sich eine Bemerkung, die einen gewissen Schlüsselcharakter hat. Dort sagt Gaetano Ianni: »Das ist Krieg. Wenn es auf Sizilien einen kleinen Konflikt (…) gibt,

153

dann gibt es nur Sieg oder Niederlage.« Und kurz danach, als es darum geht, daß sein jüngster Sohn Simon bereits mit 13 Jahren zum Killer wurde, sagt Ianni: »Ich hielt meinem Sohn natürlich keine Moralpredigt. Es war Krieg.«

Auch die Söhne versuchen, der verzweifelten Mutter mit dieser Metapher vom Krieg zu erklären, wie es zu all dem hatte kommen können: »Mamma, damals herrschte Krieg auf Sizilien. Wenn wir nicht getötet hätten, wären wir selbst getötet worden.«

Im Epilog bestätigt die Frau und Mutter, die alles nicht wahrhaben konnte, bezeichnenderweise diese Sichtweise von sich aus, so als ob sie sich damit abgefunden hat: »Auf Sizilien tobte damals ein Krieg.«

Es ist deutlich, wie hier die Metapher vom Kriegszustand als Freibrief dient. Im Krieg ist der Normalfall, der uns das Töten verbietet und es zu einem der schlimmsten Verbrechen erklärt, außer Kraft gesetzt. Im Krieg muß getötet werden, jeder tötet schließlich jeden, und wenn man nicht auf der Hut ist, ist man selber dran. Um von dem, der mich töten will, nicht erwischt zu werden, muß ich ihm zuvorkommen: das Töten als vorauseilende, präventive Notwehr.

In der Psychologie heißt dieser Vorgang des nachträglichen Erklärens eines schier unfaßbaren Geschehens »Rationalisierung«. Mit pseudovernünftigen »Argumenten« beruhigt sich die Psyche über das, was sie letztlich niemals verarbeiten und bewältigen könnte, wenn sie sich ernsthaft mit dem Irrationalen konfrontierte. »Das kommt von dem ...«, sagt die scheinbar rationale Begründung, »... deshalb konnte ich gar nicht anders; ich war schließlich gezwungen, so zu handeln.«

Die Metapher vom Krieg, die das Morden erklären und rechtfertigen soll, ist deshalb so hervorragend als »Rationalisierung« geeignet, weil sie historisch und gesellschaftlich so gut wie unanfechtbar ist: Werden nicht in Kriegen die entsetzlichsten Greueltaten verübt, wie man es unlängst im ehemaligen Urlaubsland Jugoslawien sah; ist es nicht dringend erforderlich, diejenigen zu stoppen, notfalls mit härtester Gewalt, die diese Greueltaten zu verantworten haben? Es kommt freilich darauf an, auf der richtigen Seite zu stehen. Das Böse wird stets vom Gegner und Feind verübt, während meine Handlung die Verhinderung und Vernichtung des Bösen darstellt. Notfalls entscheidet Sieg oder Niederlage darüber, wer die Seite des Guten und wer die Seite des Bösen repräsentierte, und gegebenenfalls, wenn dieses nicht eingesehen wird, ein Folgekrieg.

Um die tief in uns verankerte Tötungshemmung aufzuheben, brauchen wir gewichtige, zwingende Gründe. Wir müssen uns vor uns selbst und vor allen anderen gewissermaßen einer Begnadigung und eines Freispruchs in der Zukunft vergewissern können. Die tödliche Bedrohung durch einen anderen ist ein solcher gewichtiger Grund. Wer ist nicht insgeheim in seinen Phantasien bereit, zur Waffe zu greifen, wenn seine Liebste oder seine Kinder von einem Gewalttäter bedroht werden?

Betrachtet man dieses gewichtige Bedrohtheitsgefühl, welches einem Menschen zur Aufhebung seiner Tötungshemmung dient, mit psychologischen Mitteln, dann offenbart sich das Innenleben von Mord und Totschlag. Stets sieht der, der töten will, in seinem Opfer den Verfolger, der ihn zur Notwehr zwingt. Selbst Jäger, so weiß man, »rationalisieren« meist ihr Freizeitvergnügen mit gewichtigen Gründen, die die »Gefährlichkeit« ihrer Opfer für Wald und Flur und die Natur überhaupt belegen.

Die Psychologie hat für diesen Mechanismus den Begriff der Projektion gewählt. Etwas, das in einem selbst zu einer verpönten oder verbotenen Handlung drängt, die Gier, die Aggression und Destruktivität, die Unersättlichkeit, der Egoismus und der Größenwahn, wird nach außen projiziert in andere Menschen oder in die scheinbar objektive Wirklichkeit, und dort kann nun das Unerlaubte, das Tabuisierte, das Strafbare: das Gefährliche und Böse bekämpft und vernichtet werden. Menschen, die projizieren, sehen ihre Außenwelt so, wie ihre

Innenwelt beschaffen ist: feindselig, bedrohlich, gefährlich. Das innere Signal: »Ich bin bedroht« wird dem anderen, dem Feind zugeschrieben. Nicht wird realisiert, daß ich vielleicht der Feind bin und mein Feind das Opfer. Der mir als Anlaß meiner Notwehr oder Rache Erscheinende wird von vornherein als Feind wahrgenommen, den ich mit allen Mitteln vernichten muß.

Menschen, die die Welt nur unter diesen Gesichtspunkten von tödlicher Bedrohung, Vernichtung und Gefahrenabwehr sehen, werden von der Psychologie Paranoiker genannt: Verfolgungswahnsinnige. Der Paranoiker nimmt seine Außenwelt nur so wahr, wie sie seinen blinden Zwecken entspricht. Hinter allem wird Betrug, Täuschung, Habgier, Egoismus und Zerstörungswut gesehen, auf die mit noch viel größerer Gegenwut geantwortet wird. Paranoide Persönlichkeiten sehen bei sich so gut wie keine Fehler, sie verleugnen eigene Verantwortlichkeiten und eigene Schwächen. Ihr Innenleben kreist um die Themen Allmacht/Ohnmacht, Kontrolle/Kontrollverlust und Sieg/Niederlage. Nicht umsonst geht die Psychologie davon aus, daß in bestimmten oberen Etagen von Wirtschaft, Politik und Militär solche Persönlichkeitsstrukturen gehäuft anzutreffen sind. Und im kriminellen Milieu.

An mehreren Stellen ihres Berichtes spricht Edith Kliez von der Gefühllosigkeit ihres Mannes und von seiner Unfähigkeit, Nachsicht zu zeigen: »Gaetano kann einfach nicht um Verzeihung bitten. Er ist immer so kühl, er kann einfach keine Gefühle zeigen.« Und »Gaetano (...) war (...) immer unfähig gewesen, sich zu entschuldigen oder auch nur seine Fehler zuzugeben. Er offenbarte nie seine Gefühle. Er blieb immer völlig kalt. (...) Seine einzige Art, Zuneigung zu zeigen, waren stets Geschenke gewesen.«

Die Unfähigkeit, das Tötungsverbot zu respektieren, geht einher mit der Unfähigkeit, Mitleid zu empfinden und sich in andere hineinzuversetzen. Wer Zuneigung nur über Geschenke zeigen kann, also in verdinglichter Form, kennt die Handlungen und die Gesten nicht, in denen sich mitmenschliches Einfühlungsvermögen ausdrückt.

Für diesen Persönlichkeitstypus gilt nur das eigene ICH. Alle Regungen, deren er fähig ist, bezieht er nur auf sich, die seinen allerdings nie auf die anderen. Überhaupt sind für ihn die anderen Menschen nicht wie er, Subjekte ihres eigenständigen Handelns, sondern Objekte seiner Entscheidungen. Alles kreist nur um seine Psyche, die anderen sind zur Befriedigung seiner Wünsche und seiner Bedürfnisse auf der Welt. Diesen um das eigene ICH kreisenden, egozentrischen Zug bringt die Psychologie mit dem Phänomen des Narzißmus zusammen, einer Haltung des Selbstverliebtseins und der Unfähigkeit zur wirklichen Liebe, die in der frühesten Kindheit durch ihrerseits liebesunfähige Eltern geprägt wird.

In manchen Kulturen wird der Narzißmus, insbesondere der der Männer, kollektiv gezüchtet, und es wachsen viele eitle, stolze, unbarmherzige, gefühlskalte Egomanen heran, die sich gegenseitig im Weg stehen und die sich am Ende aus dem Weg räumen müssen, um ihre Einzigartigkeit, Grandiosität und Allmacht unter Beweis zu stellen.

Narzißten kennen nur das Eigene, nicht das Fremde. Deshalb sehen sie sich gern gespiegelt und verdoppelt. Für den männlichen Narzißmus ist das Weibliche, das Einfühlsame, die Zartheit und Schwäche das Fremde. Frauen können geschlagen, eingesperrt oder als Geliebte benutzt werden, nicht aber als gleichwertige Menschen. Ihre Gefühle und Bedürfnisse bleiben dem männlichen Narzißten gewissermaßen psychisches Ausland.

Männer, richtige harte Männer hingegen werden ernst genommen. Entweder sie sind Feinde, also der gefährliche Spiegel meines ICH, und müssen insofern vernichtet werden, oder sie sind Eigenschöpfungen und Ergänzungen meiner selbst und bestätigen mich in meiner Großartigkeit. Das sind zuallererst die männlichen Nachkommen, die das narzißtische ICH des Vaters verdoppeln und rückprojizieren. Geradezu zwangsläufig werden die Söhne Gaetanos zu dessen Ebenbild, stets bemüht, die Egozentrik ihres Schöpfers zu kopieren und zu über-höhen.

Wenn mehrere paranoid strukturierte Menschen mit solchen egozentrischen Motiven aufeinandertreffen, deren Innenleben auf den Vernichtungskampf aller gegen alle gepolt ist, dann liegt es nahe, daß diesen ihre subjektive Erlebniswelt schnell zur objektiven Wirklichkeit wird. Der erste Schuß, der erste Tote läßt zur Realität werden, was zunächst nur paranoide Phantasie war: Jetzt herrscht eben wirklich Krieg, der andere will mich wirklich vernichten, und ich muß ihm zuvorkommen. Die Gewaltspirale hat sich zu drehen begonnen; die objektive Welt hat angefangen, den Projektionsbildern, die der Paranoiker von ihr hat, zu entsprechen.

Es herrscht in der Tat Krieg, aber nur für die, die aufgrund ihrer inneren psychischen »Bereitschaft« dazu diesen Krieg konstruieren, sich als aktiv Beteiligte definieren und die dann gewissermaßen zu diesem Krieg »hingehen«. Es herrscht Krieg für die, die ihn führen, während außerhalb dieses Realität gewordenen Wahns die normale Wirklichkeit stattfindet.

Viele Millionen andere in Italien oder anderswo »haben« diesen Krieg nicht, weil sie psychisch nicht in diese paranoide Weltwahrnehmung verstrickt sind. Für sie herrscht nicht das Töten und Getötetwerden, ihnen ist es ohne weiteres möglich, ihr bürgerliches Alltagsleben zu führen, zur Arbeit zu gehen, Geld zu verdienen, einzukaufen, während – parallel zu ihrer Welt – andere einen Krieg »haben«. Und wenn der Krieg der kriegsführenden Mafiosi die Normalbürger ereilt, indem sie mehr oder weniger zufällig zum Opfer von Schutzgelderpressung, Raub oder Gewalt werden, dann gehen sie davon aus, daß sie es mit kriminellen Machenschaften zu tun haben und nicht mit kriegerischen Handlungen. Und sie ziehen dann auch nicht in diesen Krieg, den es in ihrer Wirklichkeitswahrnehmung nicht gibt, sondern sie wenden sich schutzsuchend an die Staatsmacht, bei der das Gewaltmonopol liegt und von der sie erwarten, daß sie diesem Wahn ein Ende bereitet.

Die Innenwelt des Paranoikers kreist um das Thema Allmacht/Ohnmacht, und er will auf der Seite des ewigen Siegers sein. Er mordet vorausschauend und massenhaft, um nicht selbst gemordet zu werden, und er kostet seinen Sieg aus: »Als ich noch aktiv war, gab mir jeder Mord, den ich beging, einen Grund, um froh und glücklich zu sein, weil es mir gelungen war, meinen Feind zu vernichten.«

Denkt man an den Sieges- und Blutrausch, den Gaetanos Sohn Simon genießt, als er, 15jährig, stehlend und mordend durch die Stadt zieht, die vor ihm zittert, so wird deutlich, was dieses uneingeschränkte Gefühl mit sich bringt: Keine Macht der Welt, so will es ihm in seinem Exzeß erscheinen, ist in der Lage, ihn aufzuhalten, ihm Grenzen zu setzen.

Was ist Macht? Macht ist nach einer klassischen Definition die Möglichkeit, seinen Willen gegen den Widerstand vieler durchzusetzen. Macht haben die, welche die Mittel haben, andere mit Vernichtung bedrohen zu können, sei es mit der Vernichtung der wirtschaftlichen Existenz im allgemeinen Konkurrenzkampf der sogenannten Mitbewerber untereinander oder sei es mit der Vernichtung der leiblichen Existenz. Die Erzeugung von Angst vor ökonomischer Vernichtung ist die für unsere Wirtschaftsgesellschaft übliche Form, Macht auszuüben. Sie ist allerdings nur eine sublimierte Form. Stärker als die Angst vor wirtschaftlichem Untergang ist die Angst vor der leiblichen Vernichtung, die Todesangst, und die steht stets dahinter. Wer die Mittel hat, diese Angst vor dem Tode zu erzeugen, hat definitiv die Macht an und für sich. »Alle Macht kommt aus den Gewehrläufen«, sagte Mao Tse-tung, und damit wird er wohl für immer und ewig recht behalten.

Wer die todbringende Waffe auf einen anderen richtet, kann so gut wie alles von diesem verlangen. Die Möglichkeit und Fähigkeit, jemanden zu töten, versetzt den potentiellen Mörder in eine Art gottähnlichen Zustand, in dem er je nach Gutdünken über Leben und Tod entscheiden kann. Dieser rauschhafte Zustand, in welchem alles möglich zu sein scheint, diese real erlebte Allmacht und Grenzenlosigkeit ist es, die den paranoiden Killer größenwahnsinnig werden läßt – und damit unvorsichtig, denn im Größenwahn ist er geneigt, seinen Gegner, über den er sich erhaben fühlt, zu unterschätzen.

Der wirkliche Gegner des Mörders ist nicht der andere Mörder, der ihn irgendwann einmal zur Strecke bringt oder den er präventiv vernichtet; das ist nur sein Ebenbild, sein möglicher Komplize, vielleicht einmal gar sein Freund.

Der wirkliche Gegner des Mörders ist die Instanz, deren Monopol über die Gewalt er angetastet und gebrochen hat: Das ist der Staat, und dahinter steht die gesamte Gesellschaft.

Wenn das Gewaltmonopol nicht beim Staate liegt, wenn Privatarmeen, Banden und Interessengruppen sich bewaffnen und bekriegen, dann passiert das, was in den Ghettos der Metropolen, was im Libanon, in Afghanistan, in Somalia und anderswo auf dieser Welt zu sehen ist, dann findet ein Rückfall in das Faustrecht und in die Anarchie statt: ein mörderischer Kampf aller gegen alle und ein Zerfall sozialen Zusammenlebens überhaupt. Die dünne Eischale der Zivilisation, die uns voreinander schützt, zerbricht, und aus netten Nachbarn, die katholisch, evangelisch, kroatisch, serbisch, irgendeinem Glauben oder einer Herkunft zugehörig sind, werden blutrünstige Bestien. Und wir auch.

Gaetano Ianni und andere Mafiosi haben einen Krieg gegen die Gesellschaft geführt, indem sie das Gewaltmonopol des Staates in Frage gestellt haben und eine separate, eine parallele Privatgesellschaft mit eigenen Gesetzen und einem eigenen Anspruch auf Gewaltausübung schufen.

Deshalb hat es etwas hochgradig Symbolisches, wenn der Staat das zurückerlangte Gewaltmonopol dazu nutzt, denjenigen mit aller Gewalt zu schützen, der das Prinzip der Macht und der Gewalt auf eigene Faust gelebt hat und der sich nun seinerseits dem Staat endlich unterwirft; wenn auch nicht aus Einsicht, sondern als Verlierer eines Krieges.